내 마음의 진주

ҚАЛБИМ ГАВҲАРИ

AKHMEDOVA MUKHIBA
아흐메도바 무히바

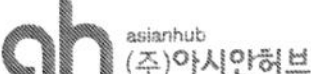
asianhub
(주)아시안허브

AKHMEDOVA MUKHIBA
아흐메도바 무히바

АХМЕДОВА МУХИБАХОН РАДЖАБ КИЗИ-1961 ЙИЛ 13-ДЕКАБРДА БУХОРО ШАХРИДА ЗИЁЛИ ОИЛАСИДА ТУГИЛГАН.БУХОРО ШАХАР 10-УРТА МАКТАБДАН СУНГ- 1981ЙИЛДА БУХОРО КООПЕРАТИВ ТЕХНИКУМИНИ БИТИРГАН. БУХОРО ХУНАРМАНДЛАР УЮШМАСИ АЬЗОСИ. АСЛИ КАСБИ МОЛ ШУНОС. 3 НАФАР ФАРЗАНДЛАРНИНГ ОНАСИ, ХОЗИРДА НАФАКАДА.МАКТАБ ЁШИДАНОК ХОЗИРГА КАДАР ОИЛАВИЙ ЗАРДУЗ ГУЛБУР-ХУНАРБАНД УСТО-ШОГИРД АНЪАНАЛАРИ АСОСИДА ИШ ОЛИБ БОРАДИ.13-ЁШИДАНОК ЩЕЬР ЁЗИШГА КИЗИККАН ВА ШЕЪЛАРИ ГУНЧА, ЛЕНИН УЧКУНИ, БУХОРО ХАКИКАТИ ГАЗЕТАЛАРИДА ЧИККАН.МАКТАБ ВА ТЕХНИКУМ, ЯКИНЛАРИНИНГ ДАВРАЛАРИДА, ЗАРДУЗ ХУНАРМАНДЛАР ТУЙЛАРИДА БОШЛОВЧИЛИК КИЛИБ УЗ ШЕЬРЛАРИДАН УКИБ БЕРГАН.

1961년 12월 13일 생 우즈베키스탄 부하라시의 지식인 가족으로 태어남
1978년 부하라 10번째 고등학교 졸업
1981년 부하라 협동전문학교를 졸업
부하라 장인협회회원(판매전문가)
부하라 신문 등단
현재 가정 주부로 우즈베키스탄 전통의상을 수제작하고,
지역 행사에서 사회를 보며, 시낭송을 하는 등 다양한 활동을 하고 있음

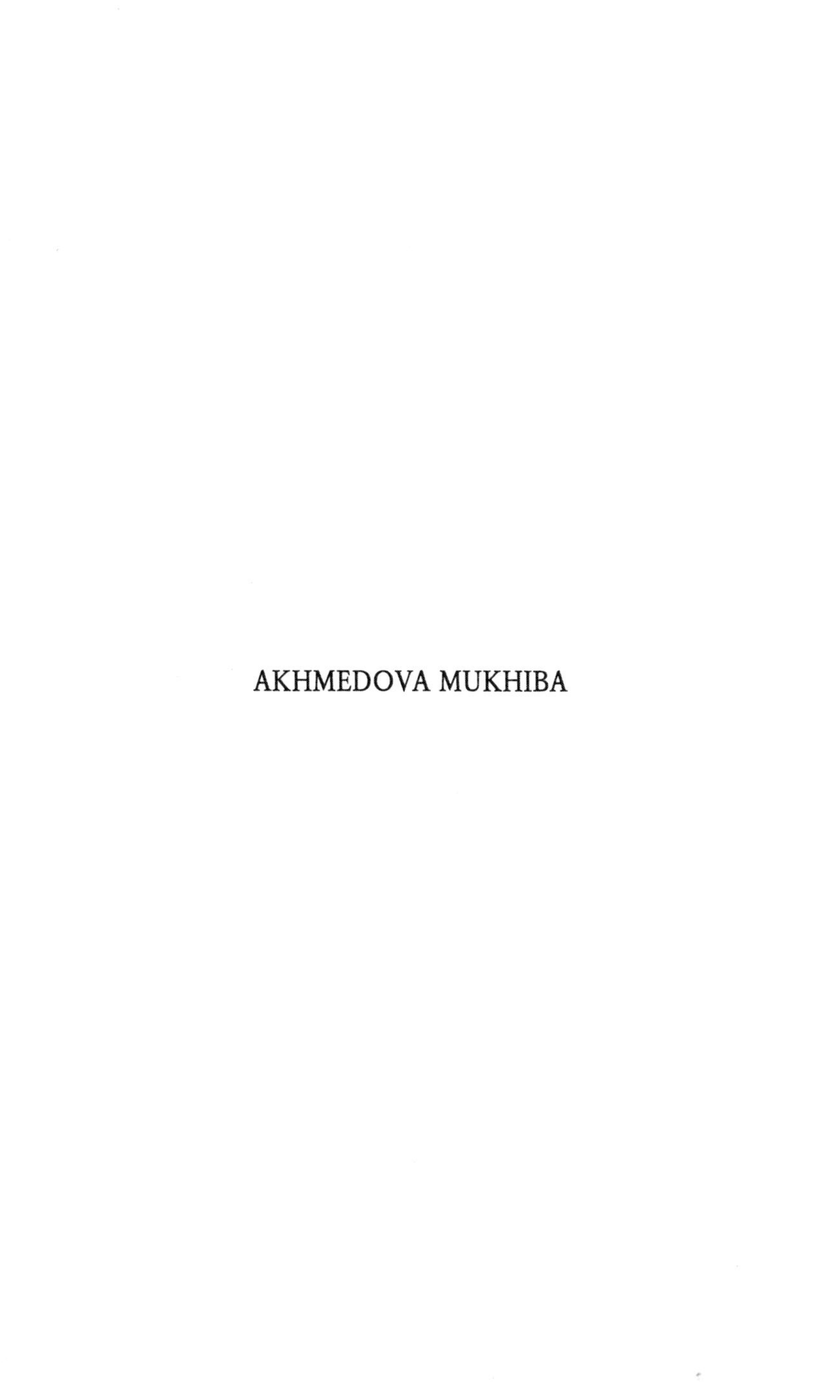

AKHMEDOVA MUKHIBA

내 마음의 진주

contents

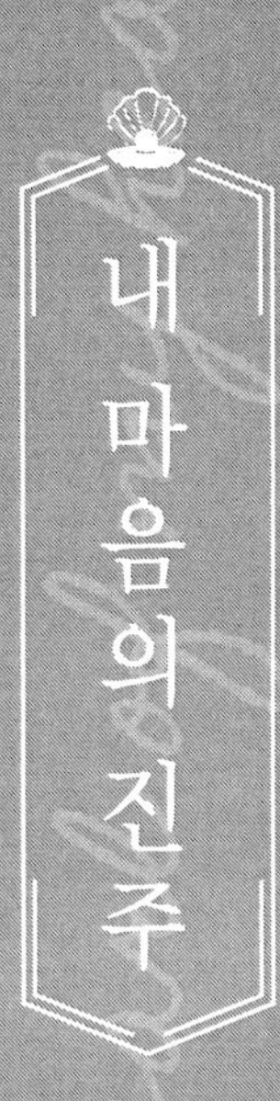

ҚАЛБИМ ГАВҲАРИ

001

Мени унутмаган унутилмасим!

Ишқий шеърларни сўраганлар учун.

Шавқатсиз тақдирми? Бизми азизим
Ишқнинг ғунчасини юлиб олдикми?
Энди сен қайларда,мен ҳам қайларда
Армонлар бағрида куйиб қолдикми?

Кечаги эҳтирос бугун бир тушми?
Мағрур от бизларни қайларга элтди
Гўзал туйғуларим энди беҳушми?
Менсиз яшашга айт ким ўргатди

Номингни эшитсам титрайди лабим
Хотиралар қотил,мен чалажонман
Йуқламай қолганда ошиб ғазабим
Ўзга шаҳзодага оҳ,қўл берибман!

Мен аҳмоқ,нақадар бил пушаймонман
Ӯзга шаҳзодани севаолмадим
Тақдирга кӯникдим,кӯникибмана
Қаноти синган қуш учолмаймана!

Рангин камалакми,оқ қора рангда
Сен кетгач рангларнинг тасвири ӯзга
Кулгиларим ёлғон,барчаси ёлғон
Кулсамда,ич ичдан чекаман фиғон!

Тоғлар учрашмайди бизлар учрашдик
Хазонлар боғининг хиёбонида
Барча қатори яшаб юрибмиз
Ишқу муҳаббатнинг армонларида!

Сенга кӯп нарсалар айтмоқчи эдим
Ўзатган қӯлларим,бармоқлар титрар
Бағримга қучоқлаб унсиз йиғладим
Мени унутмаган,унутилмасим!

002

Болам десам бир кун онам дермисан кексайганда кенг елкангни тутармисан.

Не кунларга чидадим болам учун рост
Камбағаллик қурсин болам сен яшагин соз
Насиҳатим қулоғингга олиб тургин боз
Болам десам,бир кун онам дермисан
Кексайганда кенг елкангни тутармисан!

Кутдим бахтни меҳнат қилиб далаларда
Болам ўқи,яшаб юргин шаҳарларда
Розидирман,ўтсам бир кун шу кулбамда
Болам десам,бир кун онам дермисан
Кексайсанда кенг елкангни тутармисан,

Гул ёшлигим фарзандларга этдим нисор
Чит кўйлагим ювиб ювиб кийиб минг бор
Дардларимни қилмадим ҳеч достон такрор
Болам десам,бир кун онам дермисан
Кексайганда,кенг елкангни тутармисан.

Рўзғор ғами бир бошимда ,миқ этмадим
Ёрдам сўраб ҳеч қаерга ҳеч бормадим
Тандирим бор ун,ўтинни хўп ғамладим
Болам десам,бир кун онам дермисан
Кексайганда,кенг елкангни тутармисан.

Болам десам...

003

Ёнингиздан ким йиғлаб ўтса
Кимдир мунгли,ғамларга ботса

Кўнгил сўраш савоби тегса
Лоқайд бўлманг,азиз одамлар!

Етим есир Оллоҳ синови
Кўмак бермоқ бордир жавоби
Етар сизга Оллоҳ савоби
Лоқайд бўлманг,азиз одамлар!

Қаровсиз бор гоҳи кексалар
Ёрдамга зор ёлғиз аёллар
Камбағаллик қурсин,эй дўстлар
Лоқайд бўлманг,азиз одамлар!

Давлат билан келсин саховат
Яхшиларнинг ёрдами ҳиммат
Икки дунё кўринг саодат
Лоқайд бўлманг,азиз одамлар!

Тўрт мучали соғни яратган
Оллоҳ кимга синовни берган
Ширин сўзга кимни зор қилган
Лоқайд бўлманг,азиз одамлар!

Лоқайдлик бу катта бир гуноҳ
Олиб келар гоҳи фалокат
Лоқайдлардан асрагин Оллоҳ
Ҳар бир дилга бер раҳму шавқат!

004

СИЗГА ТЕГИБ НИМА КУРДИМ НОЛИМАНГ, ЖОН, АЕЛЛАР

ҮЙИНГИЗ ТҮЛА ДАВЛАТ
КҮРШАБ ОЛАР БОЛАЛАР
БАЬЗИ ЭРКАКЛАР ШҮХРОК
БИЛМАГАНГА ОЛИНГЛАР
БҮЛИНГ ОЗРОК ПАРДОЗРОК
ЯСАН ТҮСАН КИЛИНГЛАР
СИЗГА ТЕГИБ НИМА КҮРДИМ
НОЛИМАНГ, ЖОН, АЕЛЛАР
ШҮКҮР КИЛИБ ТҮРИНГДОИМ
ЗЕРИКМАСИН БОЛАЛАР
ЯХШИМИ, Е ЕМОНМИ
ОНАНГ КАНИ, СҮРАЙДИ
ОСТОНАДАН КИРИБОК
СИЗНИ КҮРИШ ИСТАЙДИ
БҮЛСА ГАР БЕПАРВОРОК
БҮЛИБ ТҮРИНГ МҮЛОЙИМ
ЯРЛАКАЙДИ БИР КҮНИ

КУРИБ ТУРАР ХУДОЙИМ
СИЗГА ТЕГИБ НИМАКУРДИМ
НОЛИМАНГ, ЖОН, АЕЛЛАР
ЕНИНГИЗДА КУВНАБ УЙНАР
ОТА УГИЛ БОЛАЛАР
УЙДА ИШ КУП, КИР ЧИРБОЛА
КЕЧ ТУШИБДИ ЭР КЕЛМАС
МИНГ ХИЛ ХАЕЛ ГУЖ ГАЛА
ГОХИ ЭР ПАРВО КИЛМАС

ТУРМУШ РУЗГОР ГОХИ ШУНДОК
ТАШВИШ АДО БУЛМАЙДИ
ЭРКАК КУЧА ОДАМИ
РУЗГОРНИ ТАЬМИНЛАЙДИ
ШУКУР КИЛИНГКУЛ ОЕК БУТ
ФАРЗАНДЛАРИНГИЗ, СОГЛОМ
КАЙНАБ ТУРАР КОЗОНИНГИЗ
ШУНИНГ УЗИ БАХТ ТАМОМ.

005

Сингилжонларга

Сўраганлар учун!

Опа деган бордир савлатим
Жоним синглим,бахту давлатим
Доим қилиб ҳурмат иззатим
Сингилжоним,бор бўл бахтимга
Қувонч шодлик қўшасан дилга!

Кўнглим очсам,бўлиб дардкашим
Юпанч боғим,яшнар кўз қошим
Менинг гўзал жон қаламқошим
Сингилжоним,бор бўл бахтимга
Қувонч шодлик қўшасан дилга!

Отам каби меҳригиёйим
Онам каби дилим сўрорим
Юпанч сўзи олиб ғуборим
Сингилжоним,бор бўл бахтимга
Қувонч шодлик қўшасан дилга!

Қарашлари меҳр булоғим
Онамдан сўнг яшнар чироғим
Дили нозик хушрафтгузорим
Сингилжоним бор бўл бахтимга
қувонч шодлик қўшасан дилга!

Сал койисам,гоҳ аразгулим
Тонгги салом,ҳам ярашгулим
Шому саҳар намозшомгулим
Сингилжоним,бор бўл бахтимга
Қувонч шодлик қўшасан дилга!

Юмуш чиқса яқин кўмакчим
Келмай қолса ўзим сўровчим
Менгинани хўп ардоқловчим
Сингилжоним,бор бўл бахтимга
қувонч шодлик қўшасан дилга!

Фарзандларга холажонгинам
Тили асал лолажонгинам
Яшнаб кетар сенла шу олам
Сингилжоним,бор бўл бахтимга
Қувонч шодлик қўшасан дилга!

Опажон дер,тиллари ширин
Сен кўнглимга ҳаммадан яқин
Меҳрим ортар кўрганим сайин
Сингилжоним,бор бўл бахтимга
Қувонч шодлик қўшасан дилга

Муҳибанинг меҳру уммони
Қалби қўри,кўнгил дармони
Сен ифтихор шодлик осмони
Сингилжоним,бор бўл бахтимга
Қувонч шодлик қўшасан дилга!

006

Қизлар агар йўлга чиқсалар!

Бўз йигитлар паришон ўйли
Бургут қошлар орзу хаёлли
Ерга боққан кўзлар ҳаели
Қизлар агар йўлга чиқсалар!

Товус хиром майда қадамлар
Жамалаксоч ҳури парилар
Қарамасни қаратар санамлар
Қизлар агар йўлга чиқсалар!

Ҳавас қилар ёш қари бари
Йўлин пойлар йигит сардори
Эргашади қушлар чуғури
Қизлар агар йўлга чиқсалар!

Салом берар гул гулни кўриб
Атиргуллар рашкла лаб буриб
Севинади кўрганлар кўриб
Қизлар агар йўлга чиқсалар!

Улар бир кун бир уй бекаси
Мард йигитнинг ғурури ори
Ота она қувонч эркаси
Қизлар агар йўлга чиқсалар!

Йўлга чиқар секин овчилар
Келин излар чаққон совчилар
Изингиздан боради улар
Қизлар агар йўлга чиқсалар!

Дуо қилар ота оналар
Оллоҳ берсин бахти бекамлик
Яшнаб юрсин қизлар гўзаллар
Она бўлсин,қўш қўш болалик!

Муҳиба таъриф қилиб толмасин!
Оллоҳ қизлар бахтини берсин!
Ҳасан Ҳусан,Фотма Зуҳролар
Атрофини тўлдириб турсин!

007

Бегона бир баҳор бўлманг, жон акажон
Вақт бўлмаса,ўзим борай йўқлаб шодон!

Үй тўримда чойлар ичинг,савлат тўкиб
Болаларни гоҳи койинг тоға бўлиб
Борлигингиз билиб турай сингил бўлиб
Бегона бир баҳор бўлманг,жон акажон!
Вақт бўлмаса,ўзим борай йўқлаб шодон!

Борлигингиз акажоним,бир давлатим
Худо берган жигаргўшам,ҳам савлатим
Ғурур отим,ота нусхам,меҳри камим
Бегона бир баҳор бўлманг,жон акажон!
Вақт бўлмаса,ўзим борай йўқлаб шодон!

Жон жигарлар бўлиб муҳиби меҳрибон
Ота она руҳларини айлаб шодон
Меҳр истар кўнгилларни доим ёдлаб
Қариндошлик ришталарин маҳкам боғлаб!

Бегона бир баҳор бўлманг,жон акажон
Вақт бўлмаса,ўзим борай йўқлаб шодон!

Сўраганлар учун.

008

Опаларим.

Йӯллар яқин,гоҳи йироқ
Меҳри дилда доим чироқ
Дийдор сӯрар,ойдин порлоқ
Опаларим
@@@@@@@@@@@@@@
Қалби тандир,иссиқ меҳрли
Юзи офтоб,сӯзи сеҳрли
Синглим дея,доим қадрли
Опаларим!
@@@@@@@@@@@@@@@
Ширин койиб,дилдан кутар
Соғинч сӯзлар кунда айтар
Кутиб доим ҳолим сӯрар
Опаларим!
@@@@@@@@@@@@@@
Муҳиб шодон,суянч бордир
Қалби баҳор ,севинч бордир
Онам каби меҳри ёрдир
Опаларим!
@@@@@@@@@@@@@@@

Қарзим кўпдир,меҳрим камдир
Тақдир деган сўзим бордир
Йўллар олис,дилим зордир
Опаларим!
@@@@@@@@@@@@@
Опаси борнинг бахти бордир
Суянч тоғи севинч бордир
Тергаб турар меҳри бордир
Опаларим!
@@@@@@@@@@@@@@
Сизлар менинг гулу лолам
Чақнар қуёш,қалби олам
Севинч боғим,меҳри жолам
Опаларим!
@@@@@@@@@@@@@@@
Яқин сирдош,нурли сиймо
Онам каби меҳри дарё
Яшанг доим,дилда нидо
Опаларим!
@@@@@@@@@@@

Ҳар бир ишда доим бош қош
Жоним опам Сизлар қондош
Дилим очсам яқин сирдош
Опаларим!
@@@@@@@@@@@@@
Опаси борлар бахтли сингил
Доим топар ҳурмат эъзоз
Ҳар бир ишда таскиндир дил
Опаларим!
@@@@@@@@@@@@@
Жон опалар омон бӯлинг!
Сингилларнинг севинч боғи
Ўзоқ умр,соғлик кӯринг
Сингилларнинг суянч тоғи!
@@@@@@@@@@@@@@@@

009

ШУКРОНАЛИК

ИККИ ҮГЛИМ. КҮШ КАНОТ
ЁЛГИЗ КИЗИМ ГҮЛ БАЁТ
ШҮКҮР КИЛАМАН ХАЕТ
ЯНА МЕНГА НЕ КЕРАК
КҮЕВИМ ҮКТАМ ЙИГИТ
КЕЛИНИМ КАРАМАС ТИК
БОШИМ КИЛМАДИМ ЭГИК
ЯНА МЕНГА НЕ КЕРАК
НАБИРАЛАР БОЛ АСАЛ
ДҮНЕ НАКАДАР ГҮЗАЛ
МЕХРИНГИЗЛА ДИЛ ЁНАР
ЯНА МЕНГА НЕ КЕРАК
ШҮКРОНАЛИК ДИЛИМДА
АЛХАМДИЛЛОХ ТИЛИМДА
ЖОЙНАМОЗИМ ЁНИМДА
ЯНА МЕНГА НЕ КЕРАК
ЭРТА ЁРИШДИ ТОНГ
КҮТЛАБ ТҮРИБ ҮРАР БОНГ

СЕНГА ХАЁТ ШАРАФ ШОН
ЯНА МЕНГА НЕ КЕРАК
ДҮСТЛАРИМ ТҮРАР ЧОРЛАБ
ДИЙДОР ГАНИМАТ Ё- РАБ
ЮРИБМИЗ БЕЛНИ БОЙЛАБ
ЯНА МЕНГА НЕ КЕРАК
ДҮСТҮ ГАНИМИМ ҮЗИМ
ЧАКНАБ ТҮРАР ЖҮФТ КҮЗИМ
ХҮДОЙИМ БОР, БОР НЕ ГАМИМ
ЯНА МЕНГА НЕ КЕРАК
КИМ СЕНГА БҮЛМАС ОШИК
МҮХИБ МЕХРИБОНЛА ИШК
ХАЁТ АЙТАВЕР КҮШИК
ЯНА МЕНГА НЕ КЕРАК
ИЛДАМ КАДАМИМ ТАШЛАЙ
ДҮСТЛАРГА КҮЧОК ОЧАЙ
ХАЕТ ЗАВКИЛА ЯШАЙ
ЯНА МЕНГА НЕ КЕРАК.

010

Гоҳи қушдек қоқиб қанот
Бўлиб димоғларинг чоғ

Гўзал бўлар яна ҳам ҳаёт
Эътиборли дўстинг бўлса
Меҳр бериб ҳиммат қилса!

Бемор бўлсанг шифокоринг
Бу ҳаётда мададкоринг
Оллоҳ берган куч мадоринг
Эътиборли дўстинг бўлса
Меҳр бериб ҳиммат қилса!

Ёшарасан қилиб суҳбат
Ортар дилда меҳр муҳаббат
Борлигидан шодланиб албат
Эътиборли дўстинг бўлса
Меҳр бериб ҳиммат қилса!

Дўстинг бўлса агар тенгдош
Ҳам меҳрибон қалбга жондош
Ҳар ишингга ҳам кўмакдош
Эътиборли дўстинг бўлса
Меҳр бериб ҳиммат қилса!

Тугамайди ҳечам ташвиш
Дўст йўқлови бўлса ёз қиш
Шундай дўстга айтай олқиш
Эътиборли дўстинг бўлса
Меҳр бериб ҳиммат қилса!

Ўтар умринг дунё тўрт кун
Дўстим шодлик келмас ҳар кун
Дуогўйинг бўлар бир кун
Эътиборли дўстинг бўлса
Меҳр бериб ҳиммат қилса!

Йўқолмаса қадру қиммат
Ошаверса дўстга ҳиммат
Бўлса агар дўсти беминнат
Эътиборли дўстинг бўлса
Меҳр бериб ҳиммат қилса!

Бўлиб шодон Муҳиб меҳрибон
Дўстим дея атайин чандон
Пешвозимга дўстишод хандон
Эътиборли дўстинг бўлса
Меҳр бериб ҳиммат қилса!

011

Зулматлар ичида яркирраган нур Азизим Устоз

Кузим зиёсидек берганинг шуур
Хар бир сузларинг буйнимдаги дур
Азизим Үстоз
Куз олдимда очдинг янги дунёни
Үргатдинг яхшию нима ёмонни
Тани сихатингиз сог-омонми
Азизим Үстоз
Йиллар оширибди юзда накшини
Үша кузлардаги ширин бокишни
Кабул айланг кизингиз олкишини
Азизим Үстоз
Дилда истихола минг бир хадик
Кулим таъзимда бошимдир эгик
Айтган сузларим тилак-у битик
Азизим устоз
Булдингиз хам она хам тарбиячи
Китобу каламга мехр бергувчи
Одам булишимиз тилаб тургувчи
Азизим Үстоз

Нуру зиё берган офтобимизсиз
Тунларни ёритган сиз махтобимиз
Кулимизда туткизган бахт китобимиз
Азизим устоз
Үтиб кетди талабалик хам хаёт дарси доимо хамдам
Кул очиб килгувчи дуогуй хам
Азизим Үстоз..

012

Нилуфаргулга

Ботқоқликда ўсган нафис гул
Сен мунчайин гўзал бўлмасанг
Ботқоқликда ўсиб туриб ҳам
Инсонларни ҳайратга солсанг!

Қайдан айтгин мунча жозиба
Ботқоқликда гул унса расо
Ҳуснинға лол қолиб Муҳиба
Чапак чалиб айтар тасанно!

Ботқоққа ботмайин турибсан юзда
Нозик гул ифорин таратиб унда
Кимдан ўтди айтгин,сен мунча нозик
Ёзай Нилуфаргул,сенга шеър битик!

АЁЛГА

Сени таърифламай бӯлурми айтгин
Фарзанд деб ҳар нега доим тайёрсан
Ҳаётингнинг сӯнгги дамида ҳам
,,Боламни асрагин,Художон. ,,дейсан!

Қувиб келса тӯфон,денгиз уммони
Фикру ӯйинг аел,бошда саватда
Хаёлан мен ҳам узатай қӯлимни
Соғ омон соҳилга етиб олгинда!

013

Яшаяпмиз умрнинг борича
Ӯтди йиллар ёмғир,қор қанча

Сенла доим дил очар ғунча
Биз бир умрга бирга бӯламиз
Ҳаёт завқин бирга сурамиз

Ишон! сенсиз ҳаёт маъносиз
Сен қалбимнинг тубида азиз
Үмрим билсангда,сенсиз қадрсиз
Биз бир умрга бирга бӯламиз
Ҳаёт завқин бирга сурамиз

Сенсиз етмас дилимда нафас
Дил торимда муҳаббат қафас
Сенсиз дунё ғариб,керакмас
Биз бир умрга бирга бӯламиз
Ҳаёт завқин бирга сурамиз

Йиллар оша сезаман қадринг
Бор ҳолича қадру қимматинг
Меҳр бердингку,ишқу ҳимматинг
Биз бир умрга бирга бӯламиз
Ҳаёт завқин бирга сурамиз

Раҳмат бағрим,борлигинг учун
Мен ғарибга ёрлигинг учун
Меҳру ишқинг берганинг учун
Биз бир умрга бирга бӯламиз
Ҳаёт завқин бирга сурамиз

014

Қор малагим,ёғаяпти ноз билан!

Юзим тутсам юзларимдан ўпичлаб
Тез тез ёғса бир озгина чимчилаб
Ҳузур,кувонч,шодликку бахт бағишлаб
Қор малагим ёғаяпти ноз билан!

Майли ёғгин аёзларни қучоқлаб
Ризқ насиба далаларни ўпичлаб
Эрка аёз шамолларни қўлтиқлаб
Қор малагим ёғаяпти ноз билан!

Баҳорлардан даракчига йўл бермай
Шошиб келган шамолларга қўл бермай
Кўп кутгандик,узр сўрашни билмай
Қор малагим ёғаяпти ноз билан!

Ҳали вақт бор,йўл бўлсин баҳоржонга
Севги назми гул лолалар фаслига
Ўпиб олиб олча гуллар шохидан
Қор малагим ёғаяпти ноз билан!

Оппоқликка бурканибди мавжудод
Дала қирлар ёғишидан бўлиб шод
Табриклайлик дўстларни қилиб ёд
Қор малагим,ёғаяпти ноз билан!

Қўлим тутсам,қўлимга сингиб кетар
Муз парчалар дилимни ювиб кетар
Соғингандик,қиш қишлигини қилар
Қор малагим,ёғаяпти ноз билан!

Қор хат ёзай дўсту ёрлар соғ бўлинг
Оппоқ қордек орзулари мўл бўлинг
Наврўзларга соғу саломат етинг
Қор малагим,ёғаяпти ноз билан!

Мухибахон Ахмедова.

Корея.

015

Кимнидир соғинсак,ким эса бизни

Яхшилар ёритса доим йўлларни
Маҳкам ушласак дўст қўлларини
Демак бу дунёдан изсиз кетмаймиз!

Яхшиларнинг меҳри қалбнинг қўрига
Қўл оёқ бутунку,нолиш нимага
Танишу нотаниш яқин бу дилга
Демак бу дунёдан изсиз кетмаймиз

Севдик,севилдик шудирда бир ҳаёт
Ўзи зарба берди,гоҳ эса нажот
Умид чироғимиз ўчмади ҳайҳот
Демак бу дунёдан изсиз кетмаймиз!

Гоҳи аримади дилдаги алам
Гоҳи яшнаб кетди қувончдан олам
Гоҳи шоир каби тутқизди қалам
Демак бу дунёдан изсиз кетмаймиз!

Гоҳи ногоҳ келди селдек жудолик
Дилдаги зилзилага бериб бардошлик
Фарзандлар борлиги бериб хушёрлик
Демак бу дунёдан изсиз кетмаймиз!

Сўзимиз кимгадир малҳами шифо
Дўсти ёр дийдори дардларга даво
Қалбларига меҳрла қўшамиз наво
Демак бу дунёдан изсиз кетмаймиз!

Бўлайлик доим муҳиб меҳрибон
Ҳаётдан завқ олиб,яшаб ҳам шодон
Таниш ҳам нотанишга бўлиб қадрдон
Демак бу дунёдан изсиз кетмаймиз!

Муҳибахон Ахмедова.

016

Бугун учун,бугун учун
Минг шукронам ё Оллоҳ!

Юрар оёқ,кўрар кўз чун
Минг шукронам ,ё Оллоҳ!

Қўлда қалам салом йўллай
Ўзоғим яқин бугун
Қалбимдаги дўстни қўллай
Соғинчларим қушдир бугун!

Бугун учун,бугун учун
Минг шукронам ё,Оллоҳ
Юрар оёқ,кўрар кўз чун
Минг шукронам,ё Оллоҳ!

Салом йўллаб хат ёзибсиз
Оқ йўллар ҳамроҳ бўлсин!
Яхши ният хўп қилибсиз
Дуоларимда борсиз!

Кабутар учирайин
Оқ каптарни тутинг Сиз
Сизга салом йӯллайин
Дӯсту қадрдонимСизсиз!

Бугун учун,бугун учун
Минг шукронам,ё Оллоҳ
Юрар оёқ,кӯрар кӯз чун
Минг шукронам,ё Оллоҳ!

017

Сочларимдан тортади шамол

Шошиб бориб сўрай ҳол аҳвол
Тилларида доим шакар бол
Уйда мени онам кутади!

Дастурхонни безар мен учун
Бор будини тўкар мен учун
Шодланади кўриб инчунун
Уйда мени онам кутади!

Шошилмасдан ишларингни қил
Насиҳатим ўз ўрнида бил
Ширинзабон бўлсин доим тил."
Уйда мени онам кутади.

Ҳар дуоси жонимга малҳам
Ором олмас кексайганда ҳам
Ишим ўнгмас дуо олмасам
Уйда мени онам кутади!

Қўлларида Қуръону тасбеҳ
Бериб турар дашному танбеҳ
Онам даври бир тахти подшоҳ
Уйда мени онам кутади!

Юзи нурли моҳим фариштам
Саранжому доим сариштам
Бериб дилга ором хотиржам
Үйда мени онам кутади!

Фарзандларим бағрига олиб
Йиғлаб қолса,қучиб овутиб
Бор меҳрини бизларга бериб
Үйда мени онам кутади!

Онам борки,уйимда тинчлик
Қуни қўшни жамул жам шодлик
Үнинг билан яшнайди борлиқ
Үйда мени онам кутади!

Онам билан хайру барака
Хонадонда тўю маърака
Орзуларла етай тилакка
Үйда мени онам кутади!

Онангиз бор йўқлангиз дарров
Яқин бўлса кўришинг бирров
Ғаму ғуссангиз айтмангизов
Үйда мени онам кутади!

018

Турган эдим хомуш,паришон

Эрталабдан ланж эдим ҳамон
Барча ишу режалар бир ён
Дӯстим мени йӯқлаб келибди.

Дастурхонга қӯйиб икки нон
Ӯтиришиб икков ёнма ён
Суҳбатлашиб қувониб шодон
Дӯстим мени йӯқлаб келибди

Кӯзларида порлаган қувонч
Бериб дилга ғуруру ишонч
Дуо ӯқиб,бӯл хотиржам тинч
Дӯстим мени йӯқлаб келибди.

Эрталабдан бериб кайфият
Ланжлигим ҳам кетиб ниҳоят
Эртанги кунга бериб ғайрат
Дӯстим мени йӯқлаб келибди.

Қандай зўрдир бўлса дўстинг гар
Ҳар бир сўзи бебаҳо гавҳар
Суҳбатлашсак то тунга қадар
Дўстим мени йўқлаб келибди.

Болаликда бирга ўсганмиз
Бир мактабга ҳатто борганмиз
Қисқаси бизлар синфдошлармиз
Дўстим мени йўқлаб келибди

Мен ҳам бўлиб димоғларим чоқ
Келиб тургин дедим,ҳа шундоқ
Ахир дўстим,жуда ҳам қувноқ
Дўстим мени йўқлаб келибди.

Хайрлашиш фурсати ҳам келди
Дўстим билан ризқу рўз келди
Дўстим кўриб дилим ёришди
Дўстим мени йўқлаб келибди

Ташрифидан шод бўлиб Муҳиб
Буни сизга тезда етказиб
Қувончига ҳам шерик қилиб
Дўстим мени йўқлаб келибди

Дўсти борнинг бир тоғи бордир
Яшнаб турган бир боғи бордир
Дўст дийдори дунёга тенгдир
Дўстим мени йўқлаб келибди.

Мухибахон Ахмедова.

019

Остонада турар Янги йил

Янги шодлик қувонч олиб кел
Орзулар кӯп ҳаприқади дил
Сичқон йили қорлар олиб кел

Янги тилак янги орзулар
Кӯнгилларга дармон олиб кел
Оппоқ қорга белансин ерлар
Жилвакор йил шодлик олиб кел!

Араз гина ғаму ғуссалар
Эски йилда қолиб кетсин
Ҳар бир кунда бӯлсин байрам
Юртим қувонч шодликка тӯлсин!

Жон дӯстларим,тилакларим куп
Энг аввало соғлик тилайман
Янги йилга шипшитаман хӯп
Ўйингизга тинчлик тилайман.

Хотиржамлик барқ урсин юзда

Не орзу бор бари ушалсин!

Тилаклар кӯп тилаклар бисёр

Доим шодлик,бахтни дӯст кӯрсин!

Хайр энди,жон Эски йил!

Сендан жуда розимиз билсанг! (давомли.)

Мухибахон Ахмедова.

Жанубий Корея.

020

Аёлга бахт берган эркакнинг.

Юрган йӯли нурларга тӯлсин
Оллоҳимнинг назари тушсин
Камлик нима асло кӯрмасин
Аёлга бахт берган эркакнинг

Кӯкдан келсин қӯша омади
Тангри берган чексиз даромад
Бӯлсин доим соғу саломат
Аёлга бахт берган эркакнинг!

Ӯғил қизи бӯлсин хизматда
Ҳашар бошлар дӯстлар кӯмакка
Инсоф иймон доим юракда
Аёлга бахт берган эркакнинг!

Қайга борса давранинг тўри
Фарзандлари кўзининг нури
Минг дуолар қалбининг қўри
Аёлга бахт берган эркакнинг!

Майли ёри қизғаниб турсин
Ардоқлигин гоҳ тергаб турсин
Кўз тегмасин исириқ тутсин
Аёлга бахт берган эркакнинг

Бўлсин доим муҳиб меҳрибон
Хотиржамлик бахтли хонадон
Мурод мақсадига етсин шодон
Аёлга бахт берган эркакнинг

Ота бўлиб доим иззатда
Фарзандларга ҳам насиҳатда
Меҳрлар кўриб бўлсин ардоқда
Аёлга бахт берган эркакнинг!

Эри суйган аёл хор бўлмас!
Беҳурмату беиззат бўлмас!
Шу аёлга ким ҳавас қилмас
Бахтли қилинг,азиз аёлни!

Мухибахон Ахмедова.

021

Улғайиб қолибди фарзандлар менсиз

(мусофир аёл сўзлайди.)

Мусофирлик экан битилган тақдир
Заҳматлари ҳам ғамлари кўпдир
Яқинларнинг меҳри соғиниш бордир
Үлғайиб қолибди фарзандлар менсиз

Ёш бола эди йигит эндиги
Гулюзли қизим ҳам келин бўлғуси
Дилда тўйларин кўриш орзуси
Үлғайиб қолибди болалар менсиз

Неча йил елкамда мусофир тўрва
Еганим қуруқ нон ,ёвғон шўрва
Үйга етказиш ўйда хаёлда
Үлғайиб қолибди фарзандлар менсиз

Эркалик қилмайди,улғайди менсиз
Йиллар олиб кетди ёшлигим эсиз
Каму кӯст орамиз айирди эссиз
Ўлғайиб қолибди болалар менсиз.

(давомли. . .)

Сизларга етказган

Мухибахон Ахмедова..2010 Бухоро

022

МЎЪЖИЗАНИ ЯРАТАР ИНСОН БЎЛМАСА ҲАМ ИМКОНУ МАКОН

ГУЛТУВАКДА ЯРАТАДИ БОҒ
ОЛЛОҲ УНГА БЕРАДИ ЭҲСОН

ИНТИЛГАНГА ТОЛЕ ЁР ДЕМАК
ИШТИЁҚСИЗ ТОПАР БАҲОНА
ҚЎЛЛАРИ ГУЛ ИНСОНЛАР БЕШАК
ЯШАЙ ОЛАР ДОИМ ШОҲОНА.

МУҲИБАХОН АХМЕДОВА.

023

Лӯли қизга

Ӯзим билан олиб кетсам гар
Жануб ёққа ӯзга юрт томон
Ҳимоянгга сен мени олиб
Ёқлармисан айтгин жонона.

Лермонтовга ӯхшатма.

О,шундай қил гар нобакорлар
Йӯлдан чиқса ёнимни олгин
Менинг жондан суйган жононам
Мен тарафда мени ёқлагин

Ӯткир кӯзли лӯли дилбарим
Ҳақиқатнинг йӯли берк экан
Фол очгандинг париваш моҳим
Нечун ногоҳ қӯрқитиб қӯйдим

Раҳминг келиб нени сўйладинг
Мен яшашни истайман жоним
Фикру хаёлимни олиб қолдинг
Бу чизиқда қандай тақдирим?

Бугун борман балким эртага...
Мен қўрқмасман бўлсанг ёнимда
О,лўли қиз ойдин моҳданда
Юр кетамиз сенла жанубга

Довюрак қиз,гўзал лўли қиз
Қўлинг белда,ҳақдан сўйлагин
Айтилмайин қолсам бирон сўз
Ёним олиб муштинг кўрсатгин!

Мен ҳам ёлғиз жануб ёқларда
Ӯз ҳолимга қӯймас хаёллар
Ёнимда сен бӯлсанг агарда
Қӯрқиш ҳисси балки йӯқолар

Ҳақиқатни айтсин одамлар
Лӯли қиздай қӯлин мушт этиб
Хавф хатардан ҳеч қӯрқмасинлар
Кӯпайса гар сендек гӯзаллар.

Муҳибахон Ахмедова.

024

Янги келин орзуси

Мен бир гул бӯлсаму,ёри жоним сиз нур бӯлсангиз
Дур жавоҳир қӯйнимда деб минг шукурлар қилсангиз.

Остонангиз босиб келдим,дуоларга кӯмилиб
Ота онам дуо қилди,ҳовучларни тӯлдириб

Остонаси тилло даргоҳ бугун менинг уйимдир
Бахтли бӯлай бегим сизла,шу фикру хаёлимдир

Хазонларда қолиб кетган ишқни энди ӯйламанг
Ӯзгага ёр севганингиз,дилдорингиздан қолманг

Остонангиз босиб келдим,баҳорларга айланиб
Бек йигитнинг ёри бӯлдим,қизлар ичра сайланиб

Қайнонажон суйиб мени келинликка олдилар
Қайнотажон уй тӯридан қӯш иморат солдилар

Шоҳим бӯлинг,мен канизак бир кун бӯлай малика
Суйиб қолинг севар ёрим,сизла етай тилакка

Мен бир гул бӯлсаму,ёри жоним сиз нур бӯлсангиз
Дур жавоҳир қӯйнимда деб,минг шукурлар қилсангиз.

Муҳибахон Ахмедова.

025

Гулга ўраб,нурга ўраб, ухлатайми боламни?

Гуллар ичра якто гулим асрагайман ломамни

Хумо қушим,атиргулим яшнатасан кўзимни
Кутиб сени роса толдим,асра Оллоҳ қўзимни.

Ширингинам ухлаб ётсин!Атиргуллар беланчак
Майин шамоллар тебратсин!ёстиғи пар гулчечак

Хушбўй исни атиргулнинг ифоридан олдингму
Ё атиргул ифорингни хушбўйимдан олдингму

Гулга ўраб,нурга ўраб ухлатайми боламни?
Гуллар ичра якто гулим асрагайман ломамни.

Оқшомингиз тинч,осуда ўтсин!

026

Опажоним, таърифингиз кўп эшитдим

Излаб борсам хўп деб кутиб оласизми?
Сурхон элин Барчинойин кўргим келар
Синглим келди дея пешвоз чиқасизми?

Кўп эшитдим бир бор кўриш бошқа экан
Сурхон эли қир адирга тўла экан
Кўнглим кетиб лола узсам майлими
Менинг учун битта ўтов қурасизми?

Алпомишлар чиққан юртнинг мардлари кўп
Барчинойдек сулувларин изларин ўп
От чоптириб борсам опа чиқасизми?
Қўй қўзилар сўйиб меҳмон қиласизми?

Меҳнатидан бой бўлган эл деб эшитдим
Қўли сахий маликаси бор деб эшитдим
хўп эшитдим энди йўлга чиқайми?
Чопар мактуб битиб Сизга юборайми?

Мақтанасиз элим юртим фидокор
Алпомишдек полвонлари ҳам бисёр
Илм маърифат чўққисин забт этган бор
Топиб борсам опа пешвоз чиқасизми?

Гўзал опам Бибижоним қайда десам?
Кўргим келар опа Сизни қайта десам
Диломхон дугонангиз олиб борсам
Жоним опам бизга пешвоз чиқасизми?

Кенг далалар қир адирни соғинди дил
Сизга қараб хўп илинди ахир кўнгил
Эҳсонликда донғи кетган маликасиз
Хотамтойдек қўли очиқ хўп экансиз

Хўп эшитдим кўп эшитдим таърифингиз
Барчинойдан ўзиб кетган Сиз экансиз!
Элу юрт деб жон куйдирган малика.
Бибижоним,Холбибижон Сиз экансиз.

Боғи эрам обод юртнинг маликаси
Бир эшитай юртингизнинг шевасин
Излаб борар Муҳиб меҳрибон бир кун
Базм қуриб зиёфатлар берасизми?

Бизни кўриб опа хурсанд бўласизми?
Боғи эрам дарвозасин очасизми?
Сизни бориб кўрмак энди бизга шараф
Етти иқлимга довруғингиз кетган биласизми?

027

Оға ини уч ботирлармиз

Қувнаб доим яшнаб юрамиз
Фақатгина шўх болалармиз
Ким бизларга ҳавас қилмайди!

Койиб турар гоҳи онамиз
Кўриб бизни яшнар отамиз
Бобо буви эрка ўғлимиз
Ким бизларга ҳавас қилмайди

Ўйнаш учун керак кенг дала
Югуришиб шўхликлар қила
Чарчашни лек билмаймиз сира
Ким бизларга ҳавас қилмайди!

Мен ўртанча ака укам бор
Шўхлигимиз оламча бисёр
Югур югур кенг ҳовли ҳам тор
Ким бизларга ҳавас қилмайди!

Койиса ҳам ота онамиз
Койимайди бобо бувимиз
Биз шунақа шӯх болалармиз
Ким бизларга ҳавас қилмайди!

Қизим йӯқ деб айтмайди онам
Бобо бувим парвона бирам
Ўч ботирлар биргамиз ҳардам
Ким бизларга ҳавас қилмайди!

Қаранг қандоқ ӯхшаш боламиз
Дадамларга ӯхшаб кетамиз
Бобомларнинг биз ёшлигимиз
Ким бизларга ҳавас қилмайди!

Биз бўлажак чегарачилар
Ватанимиз қўриқчилари
Юртимиз кўз қорачиқлари
Ким бизларга ҳавас қилмайди!

Бўлинг элу юрт мададкори
Халқпарвару халқнинг ўғлони
Юртимизнинг ору ғурури
Ўзбегимнинг эркатойлари!

028

Онажон!
Сиз мендан рози бӯлсангиз!

Барча онажонларга!Нуридийдалари фарзандлар номидан!

Бошланар ҳар ишда унуму ривож
Дуолар қалқону,бошимдаги тож
Муаммога ечим топаман илож
Онажон!Сиз мендан рози бӯлсангиз!

Йӯлимни тӯссалар,қилсалар иғво
Менга қарши туриб берсалар фатво
Парво қилмайман чексам ҳам жафо
Онажон!Сиз мендан рози бӯлсангиз!

Баҳор гулларидек тураман яшнаб
Дунё ташвишига қӯлимни силтаб
Яшай меҳрибоним Сизни олқишлаб
Онажон,Сиз мендан рози бӯлсангиз!

Ким эдим,ким бўлдим меҳрингиз сабаб
Одам бўлишимни худодан тилаб
Дўсту ёр қошида омадим сўраб
Онажон!Сиз мендан рози бўлсангиз.

Меҳрдан иморат қурдим Сиз учун
Тўсиқ чиғириқдан чиқаман бутун
Саодат бахтимни куйламай нечун
Онажон!Сиз мендан рози бўлсангиз!

Шахдам қадам ташлаб юраман илдам
Баҳор йўлларимда пойандоз ҳардам
Бахтдан сармаст юраман Шохман!
Онажон!Сиз мендан рози бўлсангиз!

Ўйимда дуогўйим,Сиз меҳригиё
Бахтимга бор бўлинг!Она доимо
Худоюю Сиз менга доим раҳнамо
Онажон!Сиз мендан рози бўлсангиз!

029

Сизни юрагимнинг торларида сакладим

Саклай колмай, балки куйлаб куйларимда
жойладим.
Мехрингизнинг хар кафтида пулат каби
тобландим
Багри даре~мехри бисёр-Отажоним
Бор булинг-бахтиёрман, шух-шодонман
Кулгай лабларимда доим табассум~мен
хаётман, дарахт, бахорман.
Борлигингиз учун-Отажон!
Сунмас асло калбимдаги чуг
То хаётсиз яшнар, бахорим...
Очилгай гул-очилгай сунбул.
Бор булингсиз -Азиз богбоним.
Кафтларингиз накадар иссик,,
Бу кафтлар тафтидан юзим-Нур олсин,
Сузларингиз накадар босик,
шу вазбин нигохлар калбимга кучсин!

Айтинг-Отажоним-жон жафокашим
Фарзандлик бурчимни кандок кайтарай?
Не килсам розисиз - жон Отажоним?
Менга ухшаш кузлар аксида колсам.
Сизга ухшар эмишман жуда..
Шу ухшашлик узи бир бахтдир!
Шундан калбда гурур ифтихор
Отасининг кизиман ахир--
Сизга тилай мустахкам соглик
Ва баркамол умри бокийлик,
Бошдаги осмоним хеч завал курманг!
Менинг суянч тогим асло дард курманг!

030

Умрйӯлдошимга!

(сӯраганлар учун.)

Сени бахт дедимми,ё тахт дедимми
Қӯлларим тутдимми,тақдир дедимми
Ёнингда бӯлмасам,айт соғиндингми?
Үмрингни тиладим умрйӯлдошим!

Ҳаётнинг баланд паст йӯлида борим
Рашкимбилан ёр ,гоҳи куйдирганим
Ҳаммадан ҳам азиз,жон суйдирганим
Үмрингни тиладим умрйӯлдошим!

Кӯникдим азизим терговларингга!
Ҳатто ширин ширин озорларингга
Доим зорман билсанг ёр йӯлларингга
Үмрингни тиладим умрйӯлдошим!

Ҳаёт синовлари қилганда бемор
Гоҳи аяб,гоҳи койидинг чандон
Тақдиримга доим шукрона минг бор
Ўмрингни тиладим умрйўлдошим!!

Хонадонга тилаб файзу барака
Етай сенинг билан орзу тилакка!
Сени таърифламай айтгин нимага?
Ўмрингни тиладим умрйўлдошим!

Қайтадан дунёга келсам агарда
Яна сени танлардим шунда
Тақдиримга шукроналар айта!
Бахтимга бор бўлгин умрйўлдошим!

Бўлайин доим муҳиб меҳрибон
Сенинг билан ёр,ҳаётим шодон
Бахтимга бор бўлгин умрйўлдошим
Ҳаёт йўлларида дўстим,сирдошим!

031

Опа сингиллар!

Ўхшайдилар опа сингиллар
Гўзал чеҳра онадан мерос
Үлар яқин дўст,соғинч қалблар
Диллар дилга гоҳи жуда мос.

Бир хил диду бир кийимдамиз
Кичик катта бизнинг ёшимиз
Онамизга жуда ўхшаймиз
Жоним синглим.жон опаларим

Мен ўртада бор опа синглим
Аяб турар доим опалар
Борингизга шукроналарим
Опам бордир,бордир жон синглим!

Қалин дўстмиз опа сингиллар
Биз муҳиби меҳрибон мудом
Аямдайин дилбар опамлар
Сизга йўллай тонгда саломлар!

Борлигингиз бахтим шукронам
Ҳавас қилар бизга инсонлар
Бир қолипдан чиққан нон бизлар
Ўхшаш чеҳра опа сингиллар!

Суйиб турар ота онамиз
Ўғлим йўқ деб отам нолимас!
Суянчиқмиз доим биргамиз
Биздек қизга ким ҳавас қилмас!

032

Кўргим келар Сизни дўстларим!

Бир кун келар бир хушбахт кунлар
Тарқаб кетар ҳар хил хаёллар
Яйраб кетар соғинчдан диллар
Кўргим келар Сизни дўстларим!

Ғойибдаги дўстни ҳаётда
Топиб олиб қувонсам шунда
Салом йўллаб турсам ҳам кунда
Кўргим келар Сизни дўстларим!

Тарқалганмиз кенг дунё бўйлаб
Ҳар хил ёшда,дўстликни қадрлаб
Топай бир кун,дўстим деб чорлаб
Кўргим келар Сизни дўстларим!!

Кимдир Шарқда,ким Кун ботарда!
Ғарбда кимдир,ким Кун чиқарда
Жануб ёқда,мен ҳам йироқда
Кўргим келар Сизни дўстларим!

Чорлаганда бир кун борарман
Қўлингизни маҳкам тутарман
,,Салом,, учун раҳмат айтарман
Кўргим келар Сизни дўстларим!

Дилим обод борлигингиз чун
Йўқлаганда ширин сўз учун
Бу дунёда борлигингиз учун
Кўргим келар Сизни дўстларим!

Қайда бўлсангиз,бўлинг саломат
Очиқ қўлим дуода ҳар вакт
Шу кунлар ҳам дўстлар ғанимат
Кўргим келар Сизни дўстларим!

Муҳиби меҳрибон йўқлар Сизни
Оллоҳ учраштирсин бизларни
Маҳкам ушлаб дўстнинг қўлини!
Кўргим келар Сизни дўстларим!

Муҳибахон Ахмедова.

033

Эркатойларга

сўраганлар учун.

Жажжигина овунчоғим
Кора кузим угилчам~
Юмшоққина юз кулчаси
Ҳайрон боқар эркачам

Ўғлимнинг қуйиб қўйган
Болалиги ўзингсан
Қучоғимни тўлдирган
Шодликларга бойимсан.

Қора сочу қора қош
Эркамдан ўргилайин
Кўзи чақнаган қуёш
Боламдан айланайин

Ўз тилида ,,ғу ғу,,лаб
Фариштам сўзлаб турар
Чумчуқдайин очиб лаб
Бийрон сўзлаши келар

Үйимдаги қувончим
Бўйларингдан айланай
Куёв бўл қалдирғочим
Ўзим тўнинг кийдирай

Сен келдинг орзу қушим
қалбим завққа тўлдириб
Бешигингни тебратиб
Аллаларимни айтай.

Завққа тўлибди Муҳиб
жоним бўл бахтга соҳиб
Ота онанг ғунчаси
Дилимнинг бир парчаси!

034

Сен аёлсиз кимсан, эй эркак?

(сўраганлар учун.,баъзи эркакларга.)
Ёшликда давлат дарров келмас!
Ижара уйин ёддан чиқармас
Аёл бўлмаса ризк ҳам келмас
Сен аёлсиз кимсан,эй эркак?

Эски тўнинг эсдан чиқарма!
Давлатим бор деб ўздан кетма
Бойлик топиб ёрдан юз бурма!
Сен аёлсиз кимсан,эй эркак?

Фарзанд кўрдинг,аёлинг сабаб
Ризқ насибанг келди у сабаб
Турткиламагин,сабаб бесаб
Сен аёлсиз кимсан,эй эркак?

Янги тўнинг бўлсин муборак
Ким эдинг,ким бўлдинг унутма!
Ўз аёлинг хор қилма эркак!
Сен аёлсиз кимсан эй,эркак?

Камбағаллик нонин еганда
Жазманларинг эди қаерда
Ўз ёрингни хўрлайсан нега?
Сен аёлсиз кимсан,эй эркак?

Қуриб олдинг қўша иморат
Рўзғор иморатин бузасан нега
Биргаликда қилдингиз меҳнат
Сен аёлсиз кимсан,эй эркак?

Олдин яхши эди,энди ёмонми?
Хотин қўйиб хотин олишми?
Иш битганда ўзга аёлми?
Сен аёлсиз кимсан,эй эркак?

Фарзандларни зор қила кўрма!
Аёлингдан юзингни бурма!
Синалмаган ёр томон кетма
Сен аёлсиз кимсан,эй эркак?

Бир кетар мол давлатинг ҳам
Ўстун бўлмайсан дунёда ҳам
Кексаликни ўйлагин ҳар дам
Сен аёлсиз кимсан,эй эркак?

Гўзалларнинг ошиқлари кўп
Кўзингни мой бойламасин хўп!
Оилангнинг пой қадамин ўп
Сен аёлсиз кимсан .эй эркак?

Ёшлигини сенга бағишлаб
Хизматингга беминнат туриб
Фарзанди деб хўрликка чидаб
Сен аёлсиз кимсан,эй эркак?

Эру аёл дерлар қўш ҳўкиз
Муҳибу меҳрибон доим бўлингиз
Бир бирингиз хўп қадрлангиз
Сен аёлсиз кимсан,эй эркак?

035

Ширингина ухлаб ётар

Эркатойим,ой қизим
Қараб,қараб тўймайман
Меҳри тортар юлдузим

Қўлчалари лўппигина
Юзчаси кулчагина
Ширин ухлаб ётишига
Шу жоним садқагина.

Ўзинг гулу гулғунчам
Гулдай ухлаб ётибсан
Менинг бағри тугунчам
Дунё бахтин берибсан

Ёнингдан кетгим келмас
Ширин тушли ойғунчам
Умринг оллоҳдан тилай
Яша,эркам,дилғунчам

036

Иймону инсофдан дарс берган онам

Яхшилик қил болам доимо деган
Ү чақнар қуёшим,кўнглим бир олам
Онамни кўтариб бораман Ҳажга
Жаннатим қўлимда,дуо йўлимда

Қалбимда қуръоним,суннат амалим
Ҳақ йўлида фидо бўлсин бу жоним
Каъбатуллоҳ азиз зиёратгоҳим
Онамни кўтариб бораман Ҳажга
Жаннатим қўлимда,дуо йўлимда

Бутун олам Сарварин уммати бизлар
Маккаю Мадина саждагоҳ кутар
Ҳақ йўлига арзир тўксак кўз ёшлар
Онамни кўтариб бораман Ҳажга
Жаннатим қўлимда,дуо йўлимда

Онам қўлларимда қуш мисол гўё
Толмайди билаклар,қалбимда зиё
Офтобим йўлимни ёритарми ё
Онамни кўтариб бораман Ҳажга
Жаннатим қўлимда,дуо йўлимда

Ҳавас қилдим мардим,сен жасур ўғлон!
Муҳиби меҳрибон кўзларида ёш
Оппоқ бу йўлларинг жаннати,ишон.
Онасин қўлида олиб юрганлар
Ибрат камарини боғлаб олганлар.

037

Кимнидир соғинсак,ким эса бизни

Яхшилар ёритса доим йўлларни
Маҳкам ушласак дўст қўлларини
Демак бу дунёдан изсиз кетмаймиз!

Яхшилар меҳри қалбнинг тўрига
Қўл оёқ бутун нолиш нимага
Танишу нотаниш яқин бу дилга
Демак, бу дунёдан изсиз кетмаймиз!

Севдик,севилдик шуда бир ҳаёт
Ўзи зарба берди,гоҳида нажот
Үмид чироғимиз ўчмайди ҳайҳот
Демак,бу дунёдан изсиз кетмаймиз!

Гоҳи аримади дилдаги алам
Гоҳи яшнаб кетди қувончдан олам
Гоҳи шоир каби тутқизди қалам
Демак,бу дунёдан изсиз кетмаймиз!

Гоҳи ногоҳ келди селдай жудолик
Қалбдаги зилзилага бериб бардошлик
Фарзандлар борлиги бериб хушёрлик
Демак,бу дунёдан изсиз кетмаймиз!

Сўзимиз кимгадир малҳами шифо
Дўсти ёр борлиги дардларга даво
Қалбларга меҳрла қўшамиз наво
Демак бу дунёдан изсиз кетмаймиз!

Бўлайлик доимо муҳиб меҳрибон
Ҳаётдан завқ олиб,яшаб ҳам шодон
Танишу нотанишга бўлиб қадрдон
Демак,бу дунёдан изсиз кетмаймиз!

038

Саломатлик посбони сизлар!

Даъво излаб жонкуярсизлар
Мақтовларга хўп арзийсизлар
Табибларим,шифокорларим
Эл корига мададкорларим!

Тиб қонунин билимдонлари
Ибн Сино маслакдошлари
Ярашгандир оқ халатлари
Шифокорим,духтуржонларим
Үмр қўшган жонфидоларим!

Гиппократнинг қасами ёдда
Тайёр доим кўмак бермакка
Даво излар ҳар битта дардга
Жонимга жон шифокорларим!
Малҳами жон.духтуржонларим!

Соғлик тилай беморингизман!
Даво топдим,жонимга малҳам
Ўзингизни асранг,сизлар ҳам
Табибларим,шифокорларим
Эл корига мададкорларим!.,,
давомли,

039

Тун бағрига лола ранг шафақ

Аста аста чўкиб бормоқда
Гулзор гуллар ифорин сочиб
Минг ноз ила тунни кутмоқда

Тинди қушлар чуғур чуғури
Намозшомгул гулларин ёпти
Хайрли кеч,хайрли оқшом
Атиргуллар уйқуга кетди

Сиз ҳам дўстим,чарчаб қолдингиз
Энди бир оз ором олингиз
Хайрли кеч,хайрли оқшом
Тунги чироқ юлдузлар салом!

040

Тӯмарисдек жасур аёллар

Марди майдон гӯёки улар

Курашлардан асло толмаган
Ҳақ сӯзини айтиб тонмаган
Эркакларни ҳам лол қолдирган
Тӯмарисдек жасур аёллар
Марди майдон гӯёки улар

Айтганини эшитмаганлар
Арзу доддан наф йӯқ билганлар
Тӯмарисдек отга минганлар
Замонамнинг ой аёллари!
Тӯмарисдек баҳодирлари

Нозиклигин олди шамоллар
Синдирди рост,гоҳ хиёнатлар
Таслим этмас энди алдовлар
Тӯмариснинг авлоди улар
Ғолибликка даъвогар улар

Тӯмарисдек гӯёки,жангчи
Фақат йӯқдир қӯлда қиличи
Яна бир бор алдаб кӯрингчи
Фарҳоди йӯқ жасур аёллар
Рӯзғор ғорли метин қоялар

Ёрдам беринг қӯлиздан келса
Суянч бӯлинг,гар керак бӯлса
Ғийбат нега,ёрдам келмаса
Тумарисдек жасур аёллар
Ёлғиз ёри Худо аёллар!

Мадад билар бардошларида
Ёрдам сӯрамас жондошларидан
Ӯт сачрайди кӯз қарашларидан
Тӯмарисдек жасур аёллар
Марди майдон гӯёки улар

Эркакшода деманг уларни
Ҳаёт учун курашса айбми
Бордир ҳали ойдайин ҳусни
Замонамнинг ой аёллари
Марди майдон жасоратлари

Оллоҳ бўлсин муҳиб меҳрибон
Нозиклигинг айт қайтар қачон
Бахтинг кўриб шодланай,ишон
Тақдирига кўникканларим
Марди майдон жон,аёлларим!

041

Ўтди қанча йиллар, қанча баҳорлар

Ўтди қанча йиллар,қанча баҳорлар
Қайтмас болаликни соғиниб келдик
Ўтди қанча йиллар,қанча наҳорлар
Болалик дамларни биз қумсаб келдик

Тоғлардек беқиёс,баҳордек сўлим
Маъсум болаликни ёд этиб келдик
Азиз синфдошлар,меҳрибон Устоз!
Учиб кетган қушлар,биз қайтиб келдик

Бугун сочларда қировлар тушмиш
Болалик подшоҳлик даври ҳам ўтмиш
Ширин хотирада болалик қолмиш
Азиз синфдошлар,баҳорлар қайтмиш

Олтинга тенг бўлган дамлар қаерда
Қидириб топмаймиз,қолдинг хаёлда
Ёшлик алъбомлари,ширин хотирда
Болалик дамларни соғиниб келдик

Ўтди қанча йиллар,қанча умрлар
Маъсум болаликни ёд этиб келдик
Оқди қанча сойлар,қанча дарёлар
Үчиб кетган қушлар,биз қайтиб келдик

Тилагим, ҳамиша соғ омон бўлинг
Фарзанд ,набиралар камолин кўриб
Ўқувчилик даврини ҳам эслаб туринг
Ширин болаликни ҳам хотирга олиб.

Муҳибахон Аҳмедова.

2009 йил.Бухоро.

042

Шу бахтдан айирма, Қодир Худойим!

Гоҳида кўринмай қолсам агарда
Йўқлигим билиб қолсангиз шунда
Излаб қолсангиз дўстим қаерда?
Шу бахтдан айирма,қодир Худойим!

Ишу ташвишлардан ортиб бўлса ҳам
Сўроқлаб келсангиз қайда бу одам
Меҳрингиздан ҳайрат,шодлансам шу дам
Шу бахтдан айирма,қодир Худойим!

Иссиқ жон,гоҳида бўлсам гар бемор
Иситмам кўтарилиб тунлар бедор
Кўриб Сизни шодлансам минг бор
Шу бахтдан айирма ,қодир Худойим!

Кутмаган ташрифдан бошим сарбаланд
Ширин сўзи малҳам шифо асал қанд
Беморлигим унутолсам шояд
Шу бахтдан айирма,қодир Худойим!

Фарзандлар атрофим ўраб олсалар
Ширин сўзлар айтиб кўнглим олсалар
Сиз бизга кераксиз айтиб турсалар
Шу бахтдан айирма,қодир Худойим!

Мактуб йўллаяпманда,дилимда меҳр
Дўстларимнинг ардоғи ёқимли сеҳр
Қалбимминг бор дўстим,шукроналар дер
Шу бахтдан айирма,қодир Худойим!

Кетсам бу дунёдан тўрт ишкилим соғ
Дилда армон қолмай,кўнглим бўлиб тоғ
Фарзандлар ортимда қолдириб бир боғ
Шу бахтдан айирма,қодир Худойим!

Қил Муҳиб меҳрибон тиллари бурро
Калимаи шаҳодатдан дилда илло
Ўзинг меҳрибоним бўлгин,Худоё
Шу бахтдан айирма,қодир Худойим!

043

ТОШНИ ЁРИБ ЧИҚҚАН БИР ГУЛМАН

ЯШАШ УЧУН ДОИМ КУРАШДИМ
ТОШ ҚАЙРОҚНИ ЁРИБ ЧИҚҚАНМАН
ҚАРАНГ,ТОШ ҲАМ КЎРДИ БАРДОШИМ.

НОЗИККИНА БИР ГУЛИ НЕЪМАТ
ХАРСАНГТОШ ҲАМ ҚОТДИ ҲАЙРАТДА
ЎЗИМ БЎЛДИМ ЎЗИМГА ҒАЙРАТ
ИНТИЛГАНГА БОРДИР ЖАСОРАТ.

БАРДОШЛАРНИ ТЕРИБ,КУЙИНИБ
ХАРСАНГТОШГА АЙЛАНТИРГАНМАН
ОҚИЗИБ КЕТМАС СЕЛУ ЖАЛАЛАР
ТОҒЛАР САБРИН УНГА БЕРГАНМАН

ЎРТАСИДАН ЁРИБ ЧИҚҚАН ГУЛ
ЎША БИЛИНГ,БУ НОЗИК КЎНГЛИМ
УНГА ОЗОР ЕТКАЗА КЎРМАНГ!
ҚАҲР ҚИЛАР СИЗГА ХУДОЙИМ.

044

ОНА ҚИЗИМ,ЖОН ЮЛДУЗИМ

СЕН ЎЗИМГА ЎХШАЙСАН
ТАҚЛИД ҚИЛИБ МЕН БЎЛИШГА
ЭРКАМ ЖУДА ШОШАСАН.

ҚУЙИБ ҚЎЙГАН ХУДДИ ЎЗИМ
КЎЙЛАГИМИЗ ҲАМ БИР ХИЛ
СЕНИНГ ҚУВНАБ ЮРИШИНГДАН
ШОДЛАНАДИ БУ КЎНГИЛ

ҚАРА ҲАТТО ҚУЛИНГДАГИ
СУМКАНГ МЕНИКИДАЙИН
БАХТЛИ БЎЛГИН ҚИЗАЛОҒИМ
БЎЙЛАРИНГДАН АЙЛАНАЙИН.

МУҲИБАХОН АХМЕДОВА.

045

БИР УМРГА БИРГА БЎЛАМИЗ

ТОКИМ ЎЛИМ АЖРАТМАГУНЧА!

КҮЛДИ БИЗГА ТАҚДИРИ АЗАЛ
ШҮКРОНАЛАР ТИЛИМДА ҒАЗАЛ
БИЗНИНГ ИШҚДИР БАРИДАН АФЗАЛ
БИР ҮМРГА БИРГА БЎЛАМИЗ
ТОКИМ ЎЛИМ АЖРАТМАГҮНЧА!

ИҚРОР БЎЛДИМ,ИШОН АТАЙИН
СЕНГА ЖОНИМ,ИШҚИМ АЙТАЙИН
СЎНГГИ ДАМ ҲАМ ИСМИНГ АЙТАЙИН
БИР ҮМРГА БИРГА БЎЛАМИЗ
ТОКИМ ЎЛИМ АЖРАТМАГҮНЧА!

ЯШАЯПМИЗ ҮМРНИНГ БОРИЧА
ЎТДИ ЙИЛЛАР ЁМҒИР,ҚОР ҚАНЧА
СЕНЛА ДОИМ ДИЛ ОЧАР ҒҮНЧА
БИР ҮМРГА БИРГА БЎЛАМИЗ
ТОКИМ ЎЛИМ АЖРАТМАГҮНЧА!

ИШОН,СЕНСИЗ ҲАЁТ МАЪНОСИЗ
СЕН ҚАЛБИМНИНГ ТЎБИДА АЗИЗ
ЎМРИМ БИЛСАНГ ,СЕНСИЗ ҚАДРСИЗ
БИР ЎМРГА БИРГА БЎЛАМИЗ
ТОКИМ ЎЛИМ АЖРАТМАГУНЧА

СЕНСИЗ ЕТМАС ДИЛИМДА НАФАС
ДИЛ ТОРИМДА МУҲАББАТ ҚАФАС
СЕНСИЗ ДУНЁ ҒАРИБ,КЕРАКМАС
БИР ЎМРГА БИРГА БЎЛАМИЗ
ТОКИМ ЎЛИМ АЖРАТМАГУНЧА!

ЙИЛЛАР ОША СЕЗАМАН ҚАДРИНГ
БОР ҲОЛИЧА ҚАДРУ ҚИММАТИНГ
МЕҲР БЕРДИНГ,ИШҚУ ҲИММАТИНГ
БИР ЎМРГА БИРГА БЎЛАМИЗ
ТОКИМ,ЎЛИМ АЖРАТМАГУНЧА!

РАҲМАТ ЖОНИМ,БОРЛИГИНГ УЧУН!
МЕН ҒАРИБГА ЁРЛИГИНГ УЧУН
МЕҲРУ ИШҚИНГ БЕРГАНИНГ УЧУН!
БИР ЎМРГА БИРГА БЎЛАМИЗ
ТОКИМ ЎЛИМ АЖРАТМАГУНЧА!

(СЎРАГАНЛАР УЧУН.)

046

ЭРКАКЛАРНИНГ ЖАҲЛИ ЧИҚМАСИН!

(ЯРИМ ҲАЗИЛ,ЯРИМ ЧИН.)

БИЗНИНГ АСАБ БУЗИЛСА ҲАМ МАЙЛИГА
КЎЗ ЁШ ЁМҒИР ЁҒИЛСА ҲАМ МАЙЛИГА
АЙТИНГ ТАРТИБ УЙГА БЎЛМАСИН НЕГА?
ФАҚАТ ЭРКАКЛАРНИНГ ЖАҲЛИ ЧИҚМАСИН!

БИР ОЗ КУТИНГ ЖАҲЛДАН ТУШАР ШОВВОЗ
ҲЕЧ КИМ ЎЛМАС БИР ГАПДАН ҚОЛСАНГИЗ
НИМА ГАП БОР ИЧИНГИЗГА АЙТИНГИЗ
ФАҚАТ КУТИНГ ЖАҲЛДАН ҚОЛСИН БИР ОЗ

АЙБНИ ЎЗДАН ҚИДИРСАНГИЗ СОЗ БЎЛАР
БИР ГАПИРДИ,ЖИМ ТУРСАНГИЗ ПАС БЎЛАР
СЎНГРА КЕЛИБ КЎНГЛИНГИЗНИ ҲАМ ОЛАР
ФАҚАТГИНА ТЎҒРИ ДЕЯ ТАСДИҚЛАНГ.

ОЛЛОҲ БЕРГАН ЭРКАККА КУЧУ ҚУДРАТ
АЁЛ ДОНО БЎЛСА КУЧ УНДА ФАҚАТ
МЕҲР КУЧ БИРЛИКДА КЕЛАР ҲАЛОВАТ
ФАҚАТ ЭРКАКЛАРНИНГ ЖАҲЛИ ЧИҚМАСИН!

ДОНО БЎЛИНГ,БЎЛИНГ МАЙЛИ КАНИЗАК
ПОДШОҲ БЎЛСА ХОНАДОНИДА БЕЗАК
КАНИЗАКДАН МАЛИКАЛАР ЧИҚҚАНКУ
ЖАҲЛ ОТГА МИНМАСИН АСЛО ЭРКАК!

ҲУРМАТ ҚИЛИНГ,ЭРИШАСИЗ ҲУРМАТГА
ХЎП,ХЎП ДЕГАН СЎЗНИНГ КЎП МАЪНОСИГА
ШИРИН СЎЗЛА ҚУШНИ ҚЎНДИРИНГ ҚЎЛГА
ЖАҲЛ ОТИН КЎРСАТМАНГИЗ ЭРКАККА!

НАСИҲАТДАН ЗЕРИКДИК,МУҲИБА ОПА
МАҚСАД НИМА ?МУНЧА ГАПЛАР НИМАГА
ХУЛОСА ШУ, ЁЛҒИЗ ҚОЛМАНГ АЁЛЛАР!
БАРЧА ГУНОҲ ЭРКАККА ДЕБ,ЖАР СОЛМАНГ!,,,,

(ДАВОМЛИ,,)

047

Ишқ йўллари бизга армонми?

(Одам амфибия,. киносини қайта кўриб.)

Менми энди денгиз фарзанди
Сен моҳирўй ернинг гўзали
Ишқимизга айт кўз тегдими?
Не савдолар кўрдик,гўзалим!

Кўз ёшингдан дилим оғриди
Денгиз туби маржонга тўлди
О,ёмонлар, йўлимиз тўсди
Не савдолар ёш бошга тушди

Бир кўришда кўзингга чўмдим
Денгиз тубин писанд этмадим
О,париваш,ишқингла ёндим
Энди висол бизга армонми?

Бу йўл сенга ёпиқ дедилар
Йўлларимга қопқон қўйдилар
Бу қиз боши боғлиқ дедилар
Севиш,жоним,айтгин гуноҳми?

Севиш учун юрак яралган
Нечун бизнинг дил яраланган
Муҳаббатнинг йўли беркилган
Ишқ йўллари бизга армонми?

Кетаяпман уммон бағрига
Дилинг доғлаб қолдимми яна
Дурлар тўкилди денгиз тубига
Йиғлама,жоним,ишқда айбми?

Менми энди денгиз фарзанди
Сен,Маҳбубам,ернинг гўзали
Ишқимизга айт кўз тегдими?
Алвидо,гўзалим,алвидо!

сўраганлар учун.

048

Сизга ёр бӯлардим маҳшарларда ҳам!

Ҳижронлар бағримни тилиб ӯтса ҳам
Дунё бир камлигин айтиб турса ҳам
Қайта дунёларга агар келсам ҳам
Сизга ёр бӯлардим маҳшарларда ҳам!

Ӯзим бунда ёрим ӯйларим сизда
Сизсиз яшаш бағрим жуда қийинда
Нетай унутишим мумкин эмасда
Сизга ёр бӯлардим маҳшарларда ҳам!

Фарзандларим бир ён қувончли бахтим
Ӯзингиз эдингиз Сулаймон тахтим
Үнутмайман сизни тириклик аҳдим
Сизга ёр бӯлардим маҳшарларда ҳам

Бугун осмон йироқ.заминдир қаттиқ
Чӯкиб бораяпти кӯзимда борлиқ
Тирнайди дилимни Сизсиз айрилиқ
Сизга ёр бӯлардим маҳшарларда ҳам

Жойингиз жаннатда бўлсин.Султоним!
Сабр берсин ғамга қодир худойим
Бир ожиз бандаман не ҳам қилардим
Сизга ёр бўлардим маҳшарларда ҳам!

Энди қуръон. тасбеҳ доим қулимда
Истиғфор айтаман ҳар намозимда
Рози ризоликлар сўрайман Сиздан
Сизга ёр бўлардим маҳшарларда ҳам

Ҳижронлар бағримни тилиб турса ҳам
Дунё бир камлигин айтиб турса ҳам
Қайта дунёларга агар келсам ҳам
Сизга ёр бўлардим маҳшарларда ҳам.

(синглимизга сабр тилаб сизларга етказган.)

049

Ассалому алайкум она тилим

Сен ғурурим сен шарафим,сен шоним.

Ғолиб элим ҳар жабъада куйлайин
Байроғингни дунё узра кўрайин
Мадҳиянгни айтиб хўп шодланайин
Ассалому алайкум она тилим
Сен ғурурим,сен шарафим,сен шоним.

Қўлни қўлга бериб бўлайлик бардам
Ҳар соҳада бўлиб ҳамжиҳат бирдам
Қутлуғ кунларга етдик шукронам
Ассалому алайкум она тилим
Сен ғурурим,сен шарафим,сен шоним.

Она тилда сўйлар ботирларинг ҳам
Қизларинг ҳам Барчинойдан эмас кам
Мадҳиянгни эшитсин бутун олам
Ассалому алайкум она тилим
Сен ғурурим,сен шарафим,сен шоним

Ўз тилига эга бўлган бир халқмиз
Ўзлигини сақлаб қолган хўп элмиз
Тил диёнат учун қўрғон бўламиз
Ассалому алайкум она тилим
Сен ғурурим,сен шарафим,сен шоним.
давомли...

Муҳибахон Ахмедова.

050

БИЛИНМАЙДИ ДУНЁ БИР КАМ

ҲАР БИР СЎЗИ ДАВО МАЛҲАМ
ИШЛАРИДА РИВОЖ ҲАР ДАМ
ОТАСИНИ АСРАГАНЛАР
ОНАСИНИ АСРАГАНЛАР

ДУОЛАРДАН ҚУРГАН ҚЎРҒОН
ТОПАР ДОИМ ШАРАФУ ШОН
ХОТИРЖАМЛИК КЕЛАР.ИШОН
ОТАСИНИ АСРАГАНЛАР
ОНАСИНИ АСРАГАНЛАР

КЕЛАЖАГИ МУДОМ ПОРЛОҚ
БАХТ БАЁТИ ДОИМ ЯНГРОҚ
ТАБИАТИ ФЕЪЛИ КЕНГРОҚ ОТАСИНИ АСРАГАНЛАР
ОНАСИНИ АСРАГАНЛАР.

ҮЛАР БИЛАН ДОИМ БИРЛИК
БИРЛИК БОРДА БОР АҲИЛЛИК
ХОНАДОНДА ДОИМ ШОДЛИК
ОТАСИНИ АСРАГАНЛАР
ОНАСИНИ АСРАГАНЛАР

БӮЛИБ МҮҲИБҮ МЕҲРИБОН
ДОИМ БӮЛИНГ СОҒҮ ОМОН
ЮРАГИДА МЕҲРҮ ИЙМОН
ОТАСИНИ АСРАГАНЛАР
ОНАСИНИ АСРАГАНЛАР

ТОПАР ЭЛҮ ЮРТДА ҲҮРМАТ
БОСГАН ИЗИ БАХТ САОДАТ
ФАРЗАНДИГА БӮЛАР ИБРАТ
ОТАСИНИ АСРАГАНЛАР
ОНАСИНИ АСРАГАНЛАР

(СӮРАГАНЛАР ҮЧҮН.)

МҮҲИБАХОН АХМЕДОВА.

051

Яхшилар меҳрингиз унутилмайди

Яхшиларнинг ёди дилдан ўчмайди

(Бухорода бир тадбиркор 60хўжалик яшашга мўлжалланган уйнинг барча аъзоларига ёрдам бериб бошланғич тўловни тўлаб савоб ишга қўл урибди.)

Барча савоб ишга бел боғлаган яхши инсонларга бағишланади.

Сиз Оллоҳ юборган кўмак инсонлар
Үмид чироғини дилда ёққанлар
Борингизга шукур азиз инсонлар.
Яхшилар меҳрингиз унутилмайди
Яхшиларнинг ёди дилдан ўчмайди.

Сизларга ёғилар минг битта савоб
Эзгулик йўлида қилинган жавоб
Доим бараллладир сиздаги хитоб.
Яхшилар меҳрингиз унутилмайди
Яхшиларнинг ёди дилдан ўчмайди.

Берилган ҳар кўмак жаннатга қадам
Охират кунида қўллагай ҳар дам
Белингиз боғлабсиз хизматга бардам.
Яхшилар меҳрингиз унутилмайди
Яхшиларнинг ёди дилдан ўчмайди.

Раҳматлар ёғилар падарингизга.
Минг бир тасаннолар модарингизга
Ривож берар Оллоҳ касб корингизга
Яхшилар меҳрингиз унутилмайди
Яхшиларнинг ёди дилдан ўчмайди.

Мақтаб қўйсин Сизни Муҳиб меҳрибон
Ҳар бир савоб ишнинг мукофоти бор
Сизла дунё гўзал,сизла чароғон
Яхшилар меҳрингиз унутилмайди
Яхшиларнинг ёди дилдан ўчмайди

Кимга қўл берсангиз дуо Сиз билан
Элу юрт ҳурмати омад сиз билан
Бирингизга ўнни берсин илоҳим
Сизни кам қилмасин Тангрим Худойим!
Яхшилик ҳеч қачон унутилмайди!

(модар она)

Муҳибахон Ахмедова.

052

Мени излаб жону жаҳон келдингизми?

Дайди ҳислар туйғулардан бездингизми?

(рашкчи ёрга.Сўраганлар учун.)

Рост айтарлар,кўзни қилур кўр муҳаббат!
Суйган дилдан бошқасини кўз кўролмас
Рашки бало ортиқ бўлса ишқ татимас!
Мени излаб жону жаҳон келдингизми?
Дайди ҳислар туйғулардан бездингизми?

Кўз илғамас ишқ озори ҳам бор экан
Ишқ боғининг гуллари гоҳ тикон экан
Шайтон гоҳи дилга ғулу солар экан
Мени излаб жону жаҳон келдингизми
Дайди ҳислар туйғулардан бездингизми?

Отеллодек қарашларни қўйинг энди
Ногоҳ безиб ,кўз ёш тўксам увол энди
Рашк бўрони тиниб қолса қани энди
Мени излаб жону жаҳон келдингизми?
Дайди ҳислар туйғулардан бездингизми?

Ҳаёт денгиз ,ишқ кемаси биз ўзимиз
,,Не бўлади ногоҳ айриб қолсак,, дема
Ишонч юкин елкамизга ортайлик биз
Мени излаб жону жаҳон келдингизми?
Дайди ҳислар туйғулардан бездингизми?

ОККУШГИНАМ, ОППОК КУШГИНАМ!
(ОККУШЛАР ШЕЬРИЙ ТУРКУМИДАН)

ОККҮШГИНАМ, ОППОК КҮШГИНАМ!
БЕГҮБОРИМ, ФАРИШТАГИНАМ!
КҮЛ БҮЙИНИНГ СЕН МАЛИКАСИ
КҮРГАН КҮЗЛАР СЕНГА ХАВАСИ!

ТЕРМҮЛАМАН ГҮЗАЛДИР РАКСИНГ!
КҮЛ ОЙНАДА ТАСВИРИНГ, АКСИНГ
СҮРАБ КОЛСАМ, СЕНДАНДА РОСТИН?
ВАФО, ИШКИНГ АЙТА КОЛ СИРИН!

ОППОК БҮЙНИНГ ГОЗ ТҮТИБ ЮРИБ
ЖҮФТ ОШИГИНГ ИШКИН КЕЛТИРИБ
РАКСГА ТҮШ, РАКСИН КҮРАЙИН А!
ДҮНЕ ГАМИН ҮНҮТАЙИН А!

МҮХИБАХОН АХМЕДОВА.

053

Йигитларга насиҳат!

Умидвор дил умидларин қилманг поймол
Танлаб танлаб олганингиз жуфти ҳалол
Ҳеч келмасин бу сўзларим сизга малол
Кўзингизни катта очинг жон,йигитлар!

Оқ олма ҳам,қизил олма бари олма
Тишлаб тишлаб бирин асло нари отманг
Пушаймонлик азобларин кейин тортманг
Кўз очгандан жон,йигитлар асло қолманг!

Ўзга гўзал ёрингиздай бўлолмайди
Мол дунёсиз сизга асло қарамайди
Тайёр ошга баковуллар бордир ҳали
Кўзингизни катта очинг,жон йигитлар!

Гўзал ёрнинг ошиқлари кўпдир билинг
Бевафолар ҳеч ким билмас асло сирин
Молу дунё овчилари дил яширин
Ўзга ёрдан вафо кутманг,жон йигитлар

Эркалику шӯхликнинг ҳам эви бордир
Кӯчадаги бахт кӯчада,уйда ёрдир
Омад кетса сиздан улар чин безордир
Ёрингиздай бӯлолмайди ул гӯзаллар!

Ширин тили остида бордир заҳар
Оппоқ илон оқ илондан қилинг ҳазар
Давлат кетса қилмас сизни писанд назар
Кӯзингизни катта очинг,жон йигитлар!

Бугун соғлом ёш йигитсиз бақувват
Тоғни қалқон қилгулик кучу ғайрат
Кексалик бор олдинда бӯлинг зийрак
Кӯзингизни катта очинг жон йигитлар!

Ялтирраган ҳар нарса олтин эмас
Ӯз ёрингиз ул гӯзалдан кам эмас
Оиладек бахтга хеч нарса тенг эмас
Кӯзингизни катта очинг жон,йигитлар!

Ҳақиқий бахт остонадан бошланар
Юз кўзингиз ўғил қиздан бошланар
Синов кунда ёнингизда ким турар
Хато қилманг,хато қилманг,жон йигитлар!

Яраланган дил тузалмас узр билан
Юзи шувут йигит бўлманг хато билан
Кексаликка етинг жуфти ҳалол билан
Хато қилманг,хато қилманг.жон йигитлар

054

Дадажонин эркатойи

Ойижони гиргиттони
Бобо буви кӯзин нури
Қизалоғим оппоғим!

Эркалайди онажони
Қувонади аммажони
Кӯзмунчоқ дер бувижони
Қизалоғим оппоғим

Қувонади бобожони
Ширинликлар макони
Тиши оғримасин деб
Парвона ойижони
Қизалоғим оппоғим

Қўғирчоқ об берайми?
Ўйинчоқ об берайми?
Биргаликда ўйнайми
Қизалоғим оппоғим

Қарашлари ширин ширин
Кўзлар чақнайди майин
Ўзим кўзим тегмасин
Қизалоғим оппоғим

Исириқлар тутайман
Дуо қилиб тураман
Үмрин сўраб тураман
Қизалоғим оппоғим.

Мухибахон Ахмедова.

055

Муҳаббат қасри Тожмаҳал!

Ҳар бир дилида муҳаббат уя қурган қалб бир бор бўлса ҳам севишганлар қасри Тожмаҳални зиёрат қилишни орзу қилади. Гўзал ишқ ривоятларини тинглашни истайди. Шоҳ Жаҳон айни навқирон ёшида севикли малика МумтозМахалдандан ажралди. Ҳарам тўла маликаларнинг соҳиби бўла туриб,тождор бўла туриб бевалик либосини кийди.Йигирма йил умрини шу қасрни бунёд этишга бағишлади.
ШоҳиЖаҳон ўзининг қурган қасри,гўзал муҳаббати билан асрлар оша яшаб келди ва яшаб келаверади.

Майли ёрингизга қаср қурдирманг!
Олтин қасрлар бир мўъжизадир
Муҳаббат қасрини юракка қуринг
Фақат фидо бўлинг
ШоҳиЖаҳондек!

056

Ўзга ёрга кўнгил берманг, ўз ёрингиз бўлмайди

Тўю тантаналарда сизни олиб юрмайди
Кутиш билан ўтар умр,қадрингизга етмайди
,,Сен кимсан,у аёлим,, деса нима бўлади

Ўзга ёрдан нари юринг ғамларидан куясиз
Ўғил қиз гўдакларин уволига қоласиз
Сир очилар бир кун,юрак доғлаб қоласиз
Сизни ташлаб кетганида минг пушаймон бўласиз

Ўзга ёрни севманг қизлар,сизга вафо қилолмас
Бировнинг омонати доим сизла қололмас
Сизни мақтаб.мақтаб бир кун,ўз ёрига кетади
Кутиш бахти кимга керак,умр ўтиб кетади

Кулолмайсиз,ўйнолмайсиз тўй тантана сизгамас
Кутиш билан ўтиб кетар ёшлик дамлар беқадр
Қадрингизни билинг қизлар, доим сизла қололмас
Үзр айтиб кетиб қолса,дил яраси тузалмас

Ўзга ёрга кўнгил берманг,ўз ёрингиз бўлмайдӣ
Тўю тантаналарда сизни олиб юрмайди
Кутиш билан ўтар умр,қадрингизга етмайди
,,Сен кимсан у аёлим,,деса нима бўлади.

057

Сени менга Худо юборган!

(сўраганлар учун.)

Ярашади самога юлдуз
Алмашинар кечаю кундуз
Айтолмайсан нечун битта сўз
Сени менга Худо юборган

Атиргулни ўпибди шабнам
Яшнаб кетган бу ёруғ олам
Дуо қилар бахтимдан онам
Сени менга Худо юборган

Дилхонамни завққа тўлдириб
Дунёларча шодликлар бериб
Кел азизим қўлимдан тутиб
Сени менга Худо юборган

Гўзал оққуш кўлга муносиб
Сен бахтимга бўл жоним соҳиб
Бахт баётинг куйласин Муҳиб
Сени менга Худо юборган

Энди сенсиз тонглар ёришмас
Орзуларим кўкка бўй чўзмас
Сенсиз энди дунё керакмас
Сени менга Худо юборган.

Шодлик келди қаердан мунча
Очилибди боғимда ғунча
Сен баридан гўзал гулғунча
Сени менга Худо юборган

Титраяпти ёрим қўллари
Муштоқ кутдим ахир йўллари
Ярашади сарвдек бўйлари
Сени менга Худо юборган

Дуо қилинг,яна онажон
Бахтни тиланг фарзандингизга
Доим турай хизматингизга
Бизни сизга Худо юборган!

сизларга етказган

058

Оқ рўмоли бирам ярашган

Елкасида оппоқ қор қўнган
Оппоқ тоғим орқамда турган
Оқ рўмолли фаришта онам
Сиз борсизки шодликдир ҳамдам

Қайда бўлмай ўз уйимда ҳам
Мусофирда юрганимда ҳам
Меҳрингизга тўймайман ҳеч ҳам
Оқ рўмолли фаришта онам
Сиз борсизки шодликдир ҳамдам

Бағрингизга шошилсам тезда
Ўргиласиз айланиб шунда
Қучоқ очиб қувониб жуда
Оқ рўмолли фаришта онам
Сиз борсизки шодликдир ҳамдам

Сиз борсизки ишим ўнгида
Қўлингиздир доим дуода
Ишонаман омад келарда
Оқ рўмолли фаришта онам
Сиз борсизки шодликдир ҳамдам

Гоҳи ишим юришмай қолса
Дунё гоҳи тор деб туюлса
Ой чеҳрангиз кўнглим кўтарса
Оқ рўмолли фаришта онам
Сиз борсизки шодликдир ҳамдам

Муҳиб сизни ёд этар доим
Үмрингизни берсин худойим
Юз йиллардан ошинг илоҳим
Оқ рўмолли фаришта онам
Сиз борсизки шодликдир ҳамдам

Оқ рўмоли бирам ярашган
Елкасига оппоқ қор қўнган
Оппоқ тоғим орқамда турган
Оқ рўмолли фаришта онам
Сиз борсизки шодликдир ҳамдам!

Мухибахон Ахмедова.

1990 йил Бухоро.

059

Келасанми ё келмайсанми?

(ёшлар шеъри)

Капалакни қўндирдим қўлга
Қуш қўлдаги донни чўқилар
Кўзим толиб қарадим йўлга
Келасанми ё келмайсанми?

Гул очилиб қилади ханда
Хаёлларим ўчириб қайга
Эслатайми ўзимни яна
Келасанми ё келмайсанми?

Сахар туриш доим одатим
Ишқ йўлида айланди бошим
Хабар бериб қўй қаламқошим
Келасанми ё келмайсанми?

Қандоқ бўлур сўзда турмасак
Ишқ аҳлидан ахир бўлмасак
Ишқ риштасин биз боғламасак
Келасанми ё келмайсанми?

Бўлайлик биз муҳиб меҳрибон
Бирга даврон сурайлик шодон
Қўлларимдан тут маҳкам хандон
Келасанми ё келмайсанми?

Мухибахон Ахмедова.

060

Гоҳи йўллар келиб қолди тор

Дўст ичида ғанимлар ҳам бор!
Кўп уринманг барчаси бекор
Пешонамда ёзилгани бор!

Йўлим кесди ғаним қўрқмадим
Боши берк кўчага асло кирмадим
Худо дея йўлдан қолмадим
Пешонамда ёзилгани бор!

Синдирдилар,иродамнимас!
Қўллаб турса худо ҳеч гапмас
Баъзи ,,дўстлар,,буни англамас!
Пешонамда ёзилгани бор!

Қувондилар!Ғалаба энди!
Ўлмаган жондан умид уйғонди.
Кўзим мошдек очилиб қолди
Пешонамда ёзилгани бор!

Билмай ғанимим кӯрсатди йӯл
Давом этай ёғса ҳамки дӯл
Омад кулди!Ғаним омон бӯл
Пешонамда ёзилгани бор!

Худо ёрга ёмонлик бекор
Ӯзингга қайтар қилганинг минг бор
Яхшиларга оллоҳ мададкор
Пешонамда ёзилгани бор!

(бир дустнинг сузларини сизларга етказган.)
Муҳибахон Ахмедова.

061

Гумбурлади момоқалдироқ

Титраб кетди дарахт танаси
Барглар дув,дув ҳис этиб титроқ
Шамол пуфлаб супурди ерни

Барқут булут қочди нарига
,,йўл бўшатгин,,дер қора булут
Ҳукмронман энди уч ойга
Хизмат қилар ёмғир дўл менга

Олтин либос кийиб куз хоним
маликалик тахтида ҳоким
Аямасдан ёмғир ёғдирар
Жимжитликка кўникар кўнгил

Бўш келмайди тўкилган барглар
куз хонимга ёқиши келар
Мусиқани шамоллар бошлар
Маҳзун барглар рақсга тушар

Қўл тебратар дарахт шохлари
Йиғлаб маъюс хайрлашмоқда
қайтиб келмас тўкилган барглар
тўхтамасдан рақс тушмоқда.

Улар энди олтин либосда
Ёмғир бир пас ёғмайин тургин
Баргларнинг шу нолон рақсида
Куз хонимнинг туришин кўргин!

Мухибахон Ахмедова.

062

Она илтижоси!

Келганингни эшитиб зор кутмасмидим
Тандир тўла нонлар болам ёпмасмидим
Хурсанд бўлиб бозорга чопмасмидим
Келар кунинг айта қолгин жоним,болам!

Кутиб сени ранги рўйим сомон билсанг!
Дори тўла қутим ёнда,агар билсанг
Қучоқ очиб кутай болам,тезда келсанг
Келар кунинг айта қолгин жоним,болам

Тиқ этса гар икки кўзим эшикда
Нима хабар бор экан деб,шу кунда
Дармон кетиб бораяпти
танимдан
Келар кунинг айта қолгин жоним,болам!

Ҳар фарзанднинг меҳри доим ўзгача
Кутай сени болам,айт қачонгача!
Дуо қилай ишинг ўнгласин пича
Келар кунинг айта қолгин,жоним болам!

Келсанг болам,шодланиб тӯйлар қилай
Келин олиб,келин саломни бошлай
Оллохимга минг шукронамни айтай
Келар кунинг айта қолгин,жоним болам!

Соғинтирдинг,бӯйларингдан айланай
Қора қошу,кӯзларингдан ӯргилай
Айтгин болам,нелар пишириб қуяй?
Келар кунинг айта қолгин жоним, болам

Оналарни зор қилманглар,фарзандлар!
Кутиб кутиб кексаймасин, оналар!
Үлардайин меҳр берар ким айтинг
Мусофирим,сог омон уйга қайтинг!

Мухибахон Ахмедова.

063

Бу ҳаётнинг баланд пасти бор

Дўсти ёру ғанимлари бор
Не десалар десинлар минг бор!
Менинг ойдай ойдин қизим бор
Келажагим ой юлдузим бор!

Синовларни ортда қолдириб
Ширин ўю хаёллар суриб
Қулларидан маҳкам тутай
Менинг ойдай ойдин қизим бор
Келажагим ой юлдузим бор!

Ғам тушганда ғамгусор бўлган
Ширин ўйлар бағримга солган
Чақирганда лаббай деб келган
Менинг ойдай ойдин қизим бор
Келажагим ой юлдузим бор!

Ранжиганда кўтарган дилим
Ширин қилган шу тил забоним
Айтиб турган ҳатто хатойим
Менинг ойдай ойдин қизим бор
Келажагим ой юлдузим бор!

Қадамлари шахту шахтам
Бахтимга бор бўлсин у ҳардам.
Оллоҳимга минг бор шукронам
Менинг ойдай ойдин қизим бор
Келажагим ой юлдузим бор!

Ҳижрон ғами бошга тушганда
Нозик елкасин тоғ деб билдимда
Ўнда онам аксин кўрдимда
Менинг ойдай ойдин қизим бор
Келажагим ой юлдузим бор!,..

Сен осмоним ёркин юлдузи

Коши кора юзи кирмизи
Дуо килай килай кеча кундузи
Менинг ойдай ойдин қизим бор
Келажагим ой юлдузим бор.

Сенга тилай дунё шодлигин
Ғам кайғулар булсин бегона
Бахтимга сен омон бул доим
Онажонинг сенга парвона
Менинг ойдай ойдин қизим
Келажаги юлдузим бор!

Мухибахон Ахмедова

064

Қӯл силтайман дунёнинг шу ғамларига!

Дӯстим чорлар шошиб борай пешвозига
Дилим муштоқ.ширин ширин овозига
маст буламиз гузал кушиқ садосига!
Қӯл силтайман.дунёнинг шу ғамларига

Нима деса десин.,шу ғийбатчилар!
Оёғимас тили билан юрувчилар!
Куздан қолиб кетган сарсон хазонлар
Қӯл силтайман,дунёнинг шу ғамларига!

Ғийбатчилар гапирсинлар,қулоғим кар!
Бордир йуллар,дуст тарафга олиб борар
шодон дустим қучоғини менга очар!
Қӯл силтайман, дунёнинг шу ғамларига!

Үлуг ёшли инсонларга хавасим
Сухбатидан дил яйрайди, дил шодим.
Каддим тим тик, дустларим бор шу бахтим
Кул силтайман, дунёнинг шу ғамларига.

065

Йиглама жон, синглим дилим огритма!

бевафо ёрни деб куп гамлар чекма!
Эндигина уттиз бешдан ошибсан!
Бахт олдинда, синглим буни унутма!

Бевафодан чекиб гаму укубат"
Дунелар кузимга коронги дема!
Ахир фарзандларку мехр мухаббат!
Үлар борлигини асло унутма!

Кетса кетибдида, битта бевафо!
Ахир ундайларку, умр эгови!
тушундим, чекибсан жуда куп жафо!
Хар бир килмишнинг бордир жавоби!

Куй энди силкиниб, охуга айлан!
атрофга кара, борлик муаттар!
Полопон бир кушдек, учишга шайлан!
Зор булар йулингга, хали ундайлар!

Кетса келар, келмаса хам майлига!
тешик мунчок ерда колиб кетмайди!
Бевафо деб мунча куйиш нимага?
Бахт олдинда, куриб кузинг кувнайди!

(бир хат асосида ёзилди.)

Мухибахон Ахмедова.

066

Ота уйда улгаяди эрка булиб

Кузда кувонч, калбимизга шодлик бериб!
Йуклаб турар, холимиздан хабар олиб!
Кунглимизни дарров билар, кизларжонлар!
Полопонлар, учар кушлар, кизларжонлар!

Йиглаб, йиглаб кузатамиз туйлар килиб!
Оллохимдан жон кизларга бахтлар тилаб!
Хар келиши кувонч шодлик, кунгил сураб!
Кунглимизни дарров билар, кизларжонлар!
Полопонлар, учар кушлар, кизларжонлар!

Буй бастига термуламиз шодланиб!
Багримизга кучиб, суйиб кувониб!
Юрсин деймиз уз бахтидан тинчланиб!
Кунглимизни дарров билар, кизларжонлар!
Полопонлар, учар кушлар, кизларжонлар!

Ота уйда улгаяди эрка булиб!
Кузда кувонч, калбимизга шодлик бериб!
Йуклаб турар холимиздан хабар олиб!
Кунглимизни дарров билар, кизларжонлар!
Полопонлар, учар кушлар, кизларжонлар!

Мухибахон Ахмедова.

Корея.

067

Бекасамлар тунлар кийиб мунча мани куйдирасиз! (Кушикдан)

Бекасам тунлар кийган барно йигит кайдасиз?
Нигохлар ут жон олгувчи, жон ичра ул жон кайдасиз?
Мехр Билан тунлар кавиб, куйдиргувчи жонлар кани?
Эгнида тун, бошда дуппи, белбоглари боглик кани?
Бекасам тунлар кийган, барно куев кайдасиз?
Эртак булиб момоларим хаелида е колдингиз!
Мехр Билан тунлар тиккан келинчаклар Момоми?
Суйганига такдим килиб, кийдириб суйдирганми?
Бекасам тунлар кийган, барно йигит кайдасиз?
Жон олгувчи нигохлар бирла кимни куйдирасиз?

Мухибахон Ахмедова.

068

ТУН БАГРИГА ЛОЛАРАНГ ШАФАК

АСТА АСТА ЧҮКИБ БОРМОКДА
ГҮЛЗОР ГҮЛЛАР ИФОРИН СОЧИБ
МИНГ НОЗ ИЛА ТҮННИ КҮТМОКДА!

ТИНДИ КҮШЛАР ЧҮГҮР ЧҮГҮРИ
НАМОЗШОМГҮЛ ГҮЛЛАРИН ЕПДИ!
ХАЙРЛИ КЕЧ, ХАЙРЛИ ОКШОМ!
АТИРГҮЛЛАР ҮЙКҮГА КЕТДИ!

СИЗ ХАМ, ДҮСТИМ, ЧАРЧАБ КОЛДИНГИЗ
ЭНДИ БИР ОЗ ОРОМ ОЛИНГИЗ!
ХАЙРЛИ КЕЧ, ХАЙРЛИ ОКШОМ!
ТҮНГИ ЧИРОК ЮЛДҮЗЛАР САЛОМ!

МҮХИБАХОН АХМЕДОВА.

069

Бир ширин суз гох айтилмаса

Бир суз Билан дил тилкаланса
Ширин сузга гадо купайса
Каердасиз, яхши одамлар!

Мехр гохида занжирбанд бир шер
Бахт касрига етолмайман, дер
Занжирларни синдиринг, ахир
Каердасиз, яхши одамлар!

Гох топталса хакку, диенат!
Факирларга килмасдан шавкат
Изгиб юрса тулки хиенат!
Каердасиз, яхши одамлар!

Аел зоти зорлаб йигласа!
Амалдорлар уйинчок килса
Мушфикларнинг сабри тугаса!
Каердасиз, яхши одамлар!

Сунмасин хеч мехрнинг боги!
Турт ойда хам гуллаб яшнасин!
Девор олсин бардошнинг тоги!
Яхшилар тилидан дуо тушмасин!

Мухибахон Ахмедова.

Корея

070

Вой узимнинг чолгинам е
Кунгли мудом ешгинам е

Дарров сезади кунглим
Ўзгаларга бокмангиз
Бирровга келаман деб
Аста кайга кетасиз
Курсам хурсанд жуда хам
,,Онаси,, лаб коласиз
Булиб гиргиттон бирам
Ишк богига чорлайсиз
Вой узимнинг чолгинам е
Кунгли мудом ешгинам е
Бир савлатга минг давлат
Енингизда турибман
Рашким келтира куйманг
Астагина чимчилайман
Вой узимнинг чолгинам е
Кунгли мудом ешгинам е
Еши анча аелга

Рашки бало каекдан
Кундан кунга мен сизни
Ахир севиб бораяпман
Вой узимнинг чолгинам е
Кунгли мудом ешгинам е
Анов кун кушни хотин
Эрингиз деди куркам
Кулимдаги сумкани
Нак отворай дедим а
Энди иккинчи бора
Сизни у екда курмай
Тагин илиб кетмасин
Эри булса хуп нима
Вой узимнинг чолгинам е
Кунгли мудом ешгинам е
Канча хазил хузул бор
Үзимга айтиб туринг

Хотинлар бор давраға
Латифани тухтатинг
Нима бупти келин куев
Үгил Киз бир жойда
Менинг Султон чолгинамнинг
Үрни доим енимда
Еш ошиб борган сайин
Мехр мухаббат ошар
Эр хотин ахил булса
Мухаббат кайнаб тошар
Мухиб мехрибонла ишк
Султонга айтай кушик
Вой узимнинг чолгинам е
Кунгли мудом ешгинам е

071

Сени менга Худо юборган!

(сўраганлар учун.)

Ярашади самога юлдуз
Алмашинар кечаю кундуз
Айтолмайсан нечун битта сўз
Сени менга Худо юборган

Атиргулни ўпибди шабнам
Яшнаб кетган бу ёруғ олам
Дуо қилар бахтимдан онам
Сени менга Худо юборган

Дилхонамни завққа тўлдириб
Дунёларча шодликлар бериб
Кел азизим қўлимдан тутиб
Сени менга Худо юборган

Гўзал оққуш кўлга муносиб
Сен бахтимга бўл жоним соҳиб
Бахт баётинг куйласин Муҳиб
Сени менга Худо юборган

Энди сенсиз тонглар ёришмас
Орзуларим кўкка бўй чўзмас
Сенсиз энди дунё керакмас
Сени менга Худо юборган.

Шодлик келди қаердан мунча
Очилибди боғимда ғунча
Сен баридан гўзал гулғунча
Сени менга Худо юборган

Титраяпти ёрим қўллари
Муштоқ кутдим ахир йўллари
Ярашади сарвдек бўйлари
Сени менга Худо юборган

Дуо қилинг,яна онажон
Бахтни тиланг фарзандингизга
Доим турай хизматингизга
Бизни сизга Худо юборган!

072

Кунгил деган бог ичида яхшиларим мархамат!

Мехрингизла дилим тогдир, яхши сузингиз химмат!
Булай сизга дусти содик, дустлик баридан киммат!
Яхшиларим, кул куксимда сизга киламан таьзим!
Эьтибор, мехрингиздан буй кутарар дил тогим!

Мактублар келар кат кат, хар бири дил жилоси!
Мехрли сузингиздан юксалар дил самоси!
Хурсандликдан шодланади дилим тори навоси!
Яхшиларим кул куксимда Сизга киламан таьзим!
Эьтибор, мехрингиздан буй кутарар дил тогим!

Борингизга минг шукурлар, кунгил тогим лолазор!
Гариб кунглим кутариб, экдингиз гул мевазор!
Билинг дустлар, Сизда кунглим, узим булай интизор!
Яхшиларим, кул куксимда, Сизга киламан таьзим!
Эьтибору мехрингиздан, буй кутарар дил тогим!

Яхшиларим, камлик курманг! Умрингиз булсин узун!
Эзгу ният, эзгу тилак хамрох булсин туну кун!
Узингизни асранг, дустлар, дил ойнаси булсин бутун!
Яхшиларим, кул куксимда Сизга киламан таьзим!
Эьтибор мехрингиздан буй кутарар дил тогим!

. Мухибахон Ахмедова.

073

ДУНЕДА НИМА КУП, ГУЗАЛ ЖОЙЛАР КУП!

ТАРИХИ ХАЙРАТЛИ, САРГҮЗАШТЛАР ХҮП!
ЛЕК, ДИЛДА СОГИНЧЛАР МАВЖЛАНАР
. ... .ТҮП ТҮП!
ВАТАН! СЕНДАН АЗИЗ ЖОЙ ЙҮК ДҮНЕДА!

КЕЗДИМ, ЖАХОНГАШТА ДЕНГИЗ, ДАРЕЛАР!
СИМ СИМ ТОГЛАРИЮ, ГАРОЙИБ ГОРЛАР!
ТОГНИНГ БАГРИДАГИ ОКАР БҮЛОКЛАР!
ВАТАН! СЕНДАН АЗИЗ ЖОЙ ЙҮК ДҮНЕДА!

КҮЗНИ КАМАШТИРАР РАНГО РАНГ ГҮЛЛАР!
ХАЙРАТИМ, НАФАРМОН РАНГЛИ ЛОЛАЛАР!
ФАКАТ КҮРГАН ЭДИМ, АЛВОН ЛОЛАЛАР!
ВАТАН! СЕНДАН АЗИЗ ЖОЙ ЙҮК ДҮНЕДА!

САРХАДСИЗ КЕНГ ДЕНГИЗ, БУЛУТ СОЯБОН!
ДЕНГИЗ ЧАГИРИГИ МЕЗБОН, БИЗ МЕХМОН!
ДЕНГИЗНИ КУРИКЛАР БУЛУТЛАР САРСОН!
ВАТАН! СЕНДАН АЗИЗ ЖОЙ ЙУК ДУНЕДА!

ТУЛКИНЛАР ТУЛГОНАР, ГУЕ АЖДАХО!
ДИЛДА КУРКУВ, ШОДЛИК, ХАДИК БОР ГУЕ!
БАРЧА КУРГАНЛАРИМ ЕЛГОН БУ ДУНЕ!
ВАТАН! СЕНДАН АЗИЗ ЖОЙ ЙУК ДУНЕДА!

МУХИБАХОН АХМЕДОВА.
ЖАНУБИЙ КОРЕЯ.

074

Отажон!

Бир бургут қоядек,мудом суянчим
Ғуририм ҳам орим,дилда севинчим
Қаерда бўлсам ҳам,доим соғинчим
Бу менинг отамдир,бу менинг отам!

Гоҳ жиддий,гоҳ мулойим меҳрибоним
Ҳаётнинг дарсини ўргатар доим
Шу суянч тоғимни асра Худойим
Бу менинг отамдир,бу менинг отам!

Қаерда бўлсам ҳам қидириб толмас
Фарзандлар учун ҳеч нени аямас
Рўзғор ғами елкада,миннатни билмас!
Бу менинг отамдир,бу менинг отам!

Насиҳат қилади жонин куйдириб
Салмоқлаб гапирар қалбга сингдириб
Фахрланиб юрсинда,мендан гердайиб
Бу менинг отамдир,бу менинг отам!

Жойнамоз устида дуолари бор!
Отам дуолари доим мададкор
Шундай отам учун шукронам минг бор!
Бу менинг отамдир,бу менинг отам!

Йӯл топар қалбимга меҳрин синдириб
Ҳар юмуш ишни қойил қолдириб
Яшар фарзандларга ҳам ӯрнак бӯлиб
Бу менинг отамдир,бу менинг отам!

Қалбимнинг ғурури,рӯзғор устуни
Хонадон севинчи,шодлик қувончи!
Фарзандлар камолин кӯриш орзуси
Бу менинг отамдир,бу менинг отам!

Жанубий Корея.

075

Келинг дустлар, токка чикамиз!

Иссик хаво, ез жазирама,
Шахар жойдан четга чикамиз
Окар сойлар, имлайди чашма,
Келинг дустлар, токка чикамиз!

Тог хавоси дилларга даво,
Яхши хордик, баданга даво!
Кадрдонлар, тулсин даврамиз,
Келинг дустлар, токка чикамиз!

Майли икки, майли уч кунга,
Кайфиятни хуп кутарамиз!
Кадрдонлар, бериб кул кулга,
Келинг дустлар, токка чикамиз!

Салкин жойлар багрига чорлар,
Мазза килиб, дамни оламиз!
Дилга якин дусту, еронлар,
Кадирдонлар, токка чикамиз!

Тог чашмаси, шифою малхам,
Киш буйи хуп тетик юрамиз!
Бирлашамиз, булиб шод хамдам,
Келинг, дустлар, токка чикамиз!

076

Сен шунчалар бегуборсанки,

Фариштлалар сенга хавасда!
Сен шунчалик ширинтойсанки,
Бехишт богин боли меваси!

Курган кузлар кузида кувонч,
Табассуминг умид чироги!
Эркатойим, мехринг кунга соч!
Мехру мухаббатнинг гузал чечаги!

Оппок тонглар, хайрли кунлар!
Омад олиб келсин барчага!
Кувонч шодлик дилни иситар,
Гудаклардир, гул фариштлалар!

077

Ешимни сураб нима киласиз?

Гулнора Жавлоновага!
Хает денгизида юрибман сузиб,
Бурон, жалаларни ортда колдириб!
Колмадику ками, купдир имтихон!
Хижрон, аламларни ортда колдириб!
Ешимни сураб нима киласиз?

Гаму, ташвишларнинг поени булмас!
Худо ер булганга, гам соя солмас!
Хар кунимиз синов, имтихон, синглим!
Үн саккизга хали кирмаган кунглим!
Ешимни сураб нима киласиз?

Яшаймиз барини колдириб четда,
Хает богларидан кувонч, завк олиб!
Келажак, фарзандлар бахти олдинда,
Болаларга бахту омадлар тилаб!
Ешимни сураб нима киласиз?

Барчага ер булсин бахт омад, шодлик!
Сизга хам шуларни тилай, сингилжон!
Иймон Нури ила калб кур тириклик,
Энг сунгида тилда булсин зикру иймон!
Неча ешда булсак, еш булсин кунгил!
Калб каримасинда, асло сингилжон!

078

Гузаллардан гохи куркишар!

Хамма хам гул гузал шайдоси,
Дили борнинг, бор ишк савдоси!
Жарангламас, гох ишк садоси,
Гузаллардан гохи куркишар!

Изхор этмас, дилда борини,
Гузалга тенг билмас узини!
Камраб олар, ишк дил турини,
Гузаллардан гохи куркишар!

Армон нима? Айтилмаган ишк!
Армон нима? Журьатсиз ошик!
Олма туш! деб кутишар шурлик,
Гузаллардан гохи куркишар!

Гузал билмас, Ким йулин пойлар,
Ошиклар куп! Юрак жим турар!
Жиижитликни бир сас гох бузар,
Гузаллардан гохи куркишар!

Суйган дилга у малаксиймо!
Кутаверса, ер гох камнамо!
Журьатлига ишк ер доимо,
Гузаллардан гохи куркишар!

Кайдан мунча гузаллик сири!
Ишк емирар дилдаги борин!
Тушларида ер кулар ширин!
Гузаллардан гохи куркишар!

Журьат килинг, килинг ишк изхор!
Аста суйланг, килмайин бозор!
Гул узатманг! Килиб хуп безор!
Гузаллар хам ишкни кутишар!

Мухибахон Ахмедова.

079

Туш курибман!

(Хазил)

Туш курибман, тушимда кимдир.
Кавушимни олиб кетибди!
Үйгонаман, бир оз ланжрокман,
Тушда не кирмайди, овунаман!

Кидираман, ,,Тушлар таьбири,,
Куйган жойимдан топа олмайман!
Айтинг, кушнижон, тушнинг таьбирин,
Үйланаманда, ахир аелман!

Кушним овутади, эхтиет булинг,
Эрингизни биров олиб кетмасин!
Исирик тутатиб, садака Беринг,
Яна нон ушатиб, эхсон хам килинг!

Фолга ишонмайман, лек дилда гумон,
,,Эрим бошкасини топиб олгандир.,,
Мен ахмок, уйида факат хизматкор,
,,Фариштадар,, тушда огох этгандир!

Бир жуфт кавушимни куйиб кучада.
Эхсон улашишни хам бошлаб юбордим!
Ким олса, олсин майли кавушим,
Үзимда саклайман, естикдошим!!

Хеч недан бехабар, эрим етибди,
Хатто, тушида хам мендан кулаяпти!
Ирим Сирим килиб, бир оз овундим,
Кавуш кетса кетсин, эрим кетмасин!

080

Болангизга аллалар айтинг!

Үкиб Беринг, курьону хадис.
Болаликдан кулокка куйсин!
Алла айтмай, ухлатманг харгиз,
Ватан мехри калбда уйгонсин!
Болангизга аллалар айтинг!

Ойбарчиним, гузал кизим, денг
Кузи мунчок, асал болим, денг!
Ширингина, ухласин эркам,
Бахтинг мудом булсин денг, бекам!
Кизингизга аллалар айтинг!

Бисмиллоху алхамдуллох
Расуллуллох умматисан, денг
Панохида асрасин, оллох,
Тунларимнинг сен мохисан, денг!
Болангизга аллалар айтинг,

Эркатойим, кузичогим, денг,
Чопкиллаган тойчогимсан, денг!
Сенинг Билан орзулар гуллар,
Кузмунчогим, овунчогим денг!
Болангизга аллалар айтинг!

Ой куринди само багрида,
Тинчгина ет, айтайин алла!
Оромингни тилайин, Яна,
Юм кузингни, кундузингга, я!
Кизингизга аллалар айтинг!

Сенинг Билан куркам жахоним,
Сокин аллам, тинглагин жоним!
Тинчгина ет, алла, е алла,
Юм кузингни юлдузингга, я!
Үглингизга аллалар айтинг!

Ой куринмай, кирди уйига,
Юлдузчалар парвона унга!
Үхла кизим, ухла кузим, а,
Сокин кушик айтайин алла!
Кизингизга аллалар айтинг!

Кизалогим, гули райхоним,
Чопкиллаган, гули хайроним!
Хамма ек жим, айтаман алла,
Мехригием, думбогим Яна!
Кизингизга аллалар айтинг!

Полвон углим, ботир углим, денг!
Үсиб улгай, мехрибоним, денг!
Алла айтиб ороминг тилай, - Алла болам,
алла, е, деяй! Болангизга аллалар айтинг!

Табриклайман!

081

Бу дуненинг гапи тугамас!

Ташвишларнинг адоги булмас!
Гам йуллари бизга керакмас!
Келинг дустлар, бир сирлашайлик!

Кийимингиз жуда ярашган!
Румолингиз ранги мослашган!
Каранг, барча кулиб карашган!
Келинг, дустлар, бир дардлашайлик!

Колар кувнаб яйраганимиз!
Дусту ерни, хуп курганимиз!
Бир биримизни согинганимиз!
Келинг, дустлар, сухбатлашамиз!

Сухбатимиз туйлар хакида!
Ширин ую, ташвиш гамида!
Турманг, чекка, пана панада!
Келинг, дустлар, мехрлашайлик!

Ширин опам сог омонмисиз?
Туйлар килиб чарчамадингиз?
Набиралар, Нури дийдамиз!
Азиз, дустлар, иноклашайлик!

Кулгичингиз, роса ярашган!
Даврадошлар шодон карашган!
Оллох шундай кунга еткизган!
Келинг, дустлар, дийдорлашайлик!

Езиб туринг, согинч мактублар!
Үзок олис, дусту якинлар!
Мухиба, соглик сизларга тилар!
Омон булинг, дусту азизлар!

082

Оналар кузининг фарзанд гавхари!

Калбида туганмас мухаббат, мехри!
Кафтимиз очик, дуо шом сахари!
Таваллуд айеминг, булсин муборак!

Ватан угли булгин, бул суянч тогим!
Оллох мехр бериб, айтдим ардогим!
Кузларимнинг Нури, чашми карогим!
Бугунги айеминг муборак, углим!

Оллох омад берсин хар бир йигитга!
Жасур мард углонлар киргин сафига!
Мадад бул, Элу юрт, болам дардига!
Тугилган айеминг, муборак углим!

Яна канча, мучал ешларни кургин!
Оллох умр берсин, омадинг берсин!
Мехру мухаббатинг юртга ярашсин!
Мучал ешинг, углим, муборак булсин!
(давомли...) Онажонинг!

083

Дустларга!

Оддийгина бола, олтинсоч малла
Файзибог эшигин очиб берибди!
Дустлашинг, сирлашинг, айтиб баралла!
Дилларга кувончу, шодлик берибди!

Бизлар таркалганмиз, кенг дуне буйлаб!
Бирлашамиз, гузал файзибогларда!
Дустлар, мехрни истаб, мухаббат истаб.
Епилмас эшиги шом, сахарларда!

Сендан миннатдормиз. Маркжон---
Максуджон!
Беш минглаб дустларга очамиз кучок!
Кунглингизни очинг, дил езинг, дустжон!
Ширин тилаклардан димогимиз чок!

Эркалаймиз гохи бир биримизни!
Кадрдоним, мехрлигим, дустим, ягонам!
Дустлар, кунглимизни хам кутарамиз!
Бошлаган ишимизга ривож сураб хам!

Бирлашдик бир нукта ФАЙЗИБОГЛАРДА!
дустлар купайсинда, сог ОМОН булсин!
Гарчи олисларда булсак хам, дустлар!
Мехрингиз дилларда, жон кадар булсин!

Мухибахон Ахмедова.

Корея.

084

Уйгонинг кабрдан Тохиру Зухролар!

Ошикка гул эмас, пул туткизсалар!
Ишку ошикликни бир пул килсалар!
Енган ишкдан кул колдирсалар!
Үйгонинг кабрдан Тохиру Зухролар!

Мол дуне бор жойдан кидирсалар ишк!
Манфаат бор жойда, булсалар ошик!
Йиглаб колса зор зор, мухаббат шурлик!
Үйгонинг кабрдан Тохиру Зухролар!

Лайлимас, Есуман десалар гузал!
Зогни булбулданда, куйсалар афзал!
Фитна ерга мафтун, айтсалар газал!
Үйгонинг кабрдан, Тохиру Зухролар!

Кечалари юлдузмас, пул санасалар!
Үз ерини буткул унутсалар!
Ишку садокатни бир пул килсалар!
Үйгонинг кабрдан, Тохиру Зухролар!

Ишкни хор килганлар, бир кун хор булар!
Кетган кучасига, ахир зор булар!
Каерда Есуман, кайда сохта ишк!
Эски естигини кучоклаб йиглар!
(давомли..)

Мухибахон Ахмедова.

085

Розимасман, эл гамини емасанг!

Розимасман, эл гамини емасанг!
Керак пайтда, ,,лаббай,, дея турмасанг!
Кенг елкангни Ватанимга тутмасанг!
Ватан дея, жон фидо бул, жон, углим!

Куз камашар, буйларингдан, болажон!
Орзу умид, райхонларим, лолажон!
Дегин болам,, Ватан, сунгра, онажон!
Ватан, дея, жон фидобул, алп углим!

Үлгайсанг хам, менинг учун боласан!
Куз яшнатар Кир адирда, лоласан!
Үзок яша, булсам агар, боласан!
Ватан дея, жон фидо бул, жон углим!

Гаминг курмай, бул доим ширин ташвиш!
Кексаю, еш, дуосини ол, олкиш!
Дуо килай, сени болам, езу киш!
Ватанни сев, Ватанни сев, жон, болам!

Буйларингга, жоним булсин тасаддук!
Мехр бердим, сен Ватангга кил куллук!
Иймони соф, инсонла яшнар борлик!
Шу элимга, болажоним, бул содик!

Гар куеш йук, зулмат ичра кенг, жахон!
Ватани йук, ватангадо, чалажон!
Ўтсак агар, хам багридан берар жой!
Ватан учун фидо булгин, болажон!

Каердасиз, гамгусор, онам!
Мени дея, жон фидо отам!
(Шеьрий кечинмаларим)

Кимга керак бу топганларим
Ортирганим, обру хурматим!
Йукотганим, жон жахонларим!
Каердасиз, гамгусор онам!
Мени дея, жон фидо отам!

Сизсиз гариб, кулбам, кошонам!
Яркиррагандику, пешонам!
Сочимдан куп дусту, ер ошнам!
Каердасиз, жон онажоним!
Суянч тогим, жон отажоним!

Жафоларим курдингиз бисер!
Бахтим сураб булдингиз бедор!
Бир,, ох,, чексам, килдимми бемор!
Каердасиз, жон онажоним!
Жафокашим, жон отажоним!

Бахтим излаб, кимларни кутдим!
Тунлар бедор, кимга хат ездим!
Нелар кутиб, умрим утказдим!
Каердасиз, жон онажоним!
Мехрибоним, жон отажоним!

Хато килсам, сукди кайнотам!
Хатоларим айтди, кайнонам!
Еним олмай, эрим боши хам!
Каердасиз, жон онажоним!
Мехрибоним, жон, отажоним!

Катта бошин эгдими, отам!
Куев билинг, кизим еш лолам!
Билмаганин ургатинг, болам!
Каердасиз, гамгусор онам!
Мени дея, жон фидо отам!

Хафамасман, сиздан кайнотам!
Хает дарсин ургатган отам!
Аччик сузи, эндику малхам!
Каердасиз, гамгусор, онам!
Мени дея жон фидо отам!

Кулба олиб бердингиз, отам!
Тинчисин деб, шу эрка болам!
Дуо килиб турдингиз онам!
Каердасиз, жон онажоним!
Жафокашим, жон отажоним!

Беминнат ош нонни хам топдим!
Кайта кулбам созлаб хам олдим!
Туйлар килиб, анча улгайдим!
Каердасиз, жон онажоним!
Мехрибоним, жон отажоним!

Бахт топганда, Сизни йукотдим!
Кизимни жон онажон, дедим!
Набирамни дадажон, дедим!
Рухингиз шод булсин, онажон!
Жаннатмакон, Азиз отажон!

Мухибанинг сиз ифтихори!
Мехрингизла шод дил бахори!

086

Адашганларга!

Ватанга кайтарилган опа сингилларга!

Кайда бордир Яна шундай жой жаннат!
Хар тупроги тутие, ю зар зийнат!
Үзга юртда топмадингиз халоват!
Адашдингиз, адашдингиз опалар!
Дузахлардан кайтиб келган сингиллар!

Кимнинг рахми келди ет бу элларда!
Фарзандлар очу юпун, нон каерда
Жаннатларга кул силтаб кетдингизда!
Адашдингиз, адашдингиз опалар!
Дузахлардан кайтиб келган сингиллар!

Изн сурмайин сотилдингиз булиб кул!
Жангарилар кулида хам булиб тул!
Сотиб олиб, хам сотдиларор бир пул!
Адашдингиз, адашдингиз опалар!
Дузахлардан кайтиб келган сингиллар!

Мехнат килган уз элида хор булмас!
Бегона юрт сизга жаннат булолмас!
Очу нахор фарзандлар шодлик курмас!
Адашдингиз, адашдингиз опалар!
Дузахлардан кайтиб келган сингиллар!

Сиз уларнинг кулида бир уйинчок!
Хис туйгуси поймол булган кугирчок,!
Үзлари хам ватангадо бир к,очок,!
Адашдингиз, адашдингиз опалар!
Дузахлардан к,айтиб келган сингиллар!

Мухибахон Ахмедова.

087

Бегойимлар, гул бегойимлар!

Такдир зарби ҮК, тул бевалар!

Сирдошлари туну, ой зулмат!
Сас чикармас, паришон уйлар!
Рузгор гами Билан улар банд!
Куз унгида, етим болалар!
Бегойимлар, гул бегойимлар!
Такдир зарби ҮК, тул бевалар!

Давраларда уйнаб кулолмас!
Чехрасида паришон парда!
Хаммага хам дардини айтмас!
Үнут булган юзида ханда!
Бегойимлар, гул бегойимлар!
Такдир зарби ҮК, тул бевалар!

Жилмайиши гамга ботирар!
Не утса хам, тпкдирдан курар!
Үгли, Кизи ую гамида!
Тушларида ерини курар!
Бегойимлар, гул бегойимлар!
Такдир зарби ҮК, тул бевалар!

Үй хаели доимо мехнатда!
Энди узин бир озрок тутган!
Бор орзуси угил кизида!
Беваликда умрин утказган!
Бегойимлар, гул бегойимлар!
Такдир зарби ҮК, тул бевалар!

Булсин сизга мададкор, оллох!
Үгил кизнинг камолин куринг!
Бир,, ох,, ингиз аршга мингта ох!
Фариштасиз, гамлигим, дилмох!
Бегойимлар, гул бегойимлар!
Такдир зарби ҮК, тул бевалар!

Асра оллох, арт куз ешларин!
Нокасларга иши тушмасин!
Үзинг кулла! Бергин омадин!
Фарзандларин! Камолин курсин!
Бегойимлар, гул бегойимлар!
Такдир зарби ҮК, тул бевалар!

088

Айтинг, Энди биров булдимми?

Толбаргакдан гулчамбар бошда
Такиб куйиб райхон чеккамга
Шивирлашиб кулок остига
Айтинг, Энди биров булдимми?

Сизни курсам, юзларим лов лов!
Кулларингиз тафтими олов?
Мактубларнинг барчаси чорлов!
Айтинг, Энди биров булдимми?

Жон олади бу куз карашлар!
Дош беролмай, кочади кузлар!
Мунча жиддий, бу бургут кошлар!
Айтинг, Энди биров булдимми?

Орзулардан самони кучиб!
Дилдаги сир барини очиб!
Менинг Билан суратга тушиб
Айтинг, Энди биров булдимми?

Чикмадингиз, она сузидан
Келин булсин, деб кариндошдан!
Не савдолар утмади бошдан!
Айтинг, Энди биров булдимми?

Илк севгингиз дилгунчасиман!
Очилмаган гулгунчасиман!
Ох, чексангиз, ушал,, ох,, ларман
Айтинг, Энди биров булдимми?

Ўчраб колсак, Энди караманг!
Бегонанинг холин сураманг!
Дуст булайлик!. Таклифлар килманг!
Энди уша буровингиз ман!
Эслаб, фаред киларсиз, билмам.

089

ПЕШОНАМДА БИТИЛМАГАН, ЕР!

АЙНИ ГҮЛГҮН, ЕШЛИК ЧОГИМДА!
ТҮТГАНДИНГИЗ, ГҮЛЛАР КҮЛИМДА!
СИЗ БҮЛДИНГИЗ ПАЙДО ЙҮЛИМДА.
ПЕШОНАМДА БИТИЛМАГАН ЕР!

ОРЗҮЛАРИ ОСМОН КИЗ ЭДИМ!
ОЧИЛГАН, ГҮЛЮЗИ КИРМИЗДИМ!
О, ХЕЧ КИМГА НАЗАР СОЛМАСДИМ!
ПЕШОНАМДА БИТИЛМАГАН, ЕР

СҮЗ АЙТИШГА ЕТМАСДИ, ЖҮРЬАТ!
КОНДА ГАЙРАТ, ТҮРАРДИ ХАЙРАТ!
ДҮСТ ЭДИК БИЗ, ЧИН ДҮСТДИК ФАКАТ!
ПЕШОНАМДА БИТИЛМАГАН, ЕР!

БИЛАР ЭДИМ. КҮНГЛИНГ БОРЛИГИН
ЖИЛМАЙГАНДА, КҮЗЛАР ЕНИШИН!
БИЛМАСМИДИК, ЕШЛИК КЕТИШИН!
ПЕШОНАМДА БИТИЛМАГАН, ЕР!

ХАЕТ БИЗНИ, АЖРАТДИ ХАР ЕН!
ЙҮЛ ТОПМАДИНГ, КЕЛАР МЕН ТОМОН!
АЙТИЛМАГАН, ИЗХОРЛАР ГИРЕН!
ПЕШОНАМДА БИТИЛМАГАН, ЕР!

КҮТИБ КҮТИБ, ЧАРЧАДИ КҮНГЛИМ!
СҮЛИБ КОЛДИ, ДИЛДАГИ ГҮЛИМ!
ХАБАРЛАР ЙҮК, БИЛСАНГ АХВОЛИМ!
ПЕШОНАМДА БИТИЛМАГАН, ЕР!

КЕЧИКИБРОК, МАКТҮБ ЙҮЛЛАБСАН!
ҮЗГАГА ЕР БҮЛДИМ, БИЛМАБСАН!
БИР КҮРИШГА МҮШТОК БҮЛИБСАН!
ПЕШОНАМДА БИТИЛМАГАН, ЕР!

КҮНИКИБМАН, ТАКДИР АЗАЛГА!
СЕН ХАМ ЭНДИ, КҮНГИН БАРИГА
ЖИЛМАЙИШИНГ, КҮЗИМ ҮНГИДА!
ПЕШОНАМДА БИТИЛМАГА, ЕР!

090

ЖОН, ОККУШИМ, БИР КУН УРНИНГДА .. БУЛАЙ

МОВИЙ КҮЛДА КАНОТ ЕЙИБ САЙР ЭТАЙ
КЕЛАКОЛГИН, ОККҮШ ОШИГИМ, КЕЛГИН
СЕНИНГ ҮЧҮН КАНОТ ЕЙИБ, РАКС ТҮШАЙ!

МЕНГА КҮПРОК ОККҮШ СЕВГИСИ ЕКАР!
ОККҮШ ДОИМ ЖҮФТИГА ВАФО КИЛАР
ҮЛИБ КОЛСА ,АГАР НОГАХОН БИРИ
ИККИНЧИСИ ЖҮДОЛИЛИКДАН, ЖОН
БЕРАР!
ЖОН, ОККҮШИМ, ҮРНИНГДА БҮЛГИМ
КЕЛДИ
ХИЖРОНЛАРНИНГ БОГИДАН КЕЧГИМ
КЕЛДИ
ГҮЗАЛ, ОППОК КАНОТЛАРИМНИ ЕЙИБ.
ЖҮФТ ОККҮШГА ЖҮДА ХҮП ЕККИМ КЕЛДИ!

САДОКАТНИ ҮРГАТАСИЗ, СИЗ КҮШЛАР!
ИШК ВАФОНИНГ ЖОНЛИ РАМЗИ,
ОККҮШЛАР!
БИЛСАНГИЗ, ОККҮШ БҮЛГИМ КЕЛАЯПТИ!
ОККҮШЛАРДЕК, РАКС ТҮШГИМ КЕЛАЯПТИ!

091

АЕЛНИ ЭЬЗОЗЛАБ. ОНАХОН, ДЕЙМИЗ

ГҮЗАЛ СИНГИЛЖОНИМ, ОПАЖОН ДЕЙМИЗ
НҮРЛАР ЕГИЛАР, ШҮ ЮЗЛАРИДАН
БОШДАГИ РҮМОЛИН БИР ТИЛСИМ,
ДЕЙМИЗ.
СИЗ ЖАННАТИМ, САДОКАТИМ, САРИШТАМ!
СИЗНИНГ БИЛАН ДҮНЕ ГҮЗАЛ, ФАРИШТАМ!

ОНАХОН! ҮНВОНИ БАЛАНД МАРТАБА!
СИЗ ГОЛИБ КЕЛДИНГИЗ, ХАР БИР ЖАБЬАДА!
КҮЛЛАРИМ ТАЬЗИМДА, СИЗГА ЭХТИРОМ!
СИЗ ЖАННАТ, ШАРИФА, ГҮЗАЛ ДИЛОРОМ!
МҮХАББАТ, МҮКАДДАС. АЬЛО КАЙФИЯТ!
ЮРТИМ АЕЛЛАРИ! БҮЛИНГ САЛОМАТ!

092

ОТАНГГА БОР.! ЙУК, ОНАНГГА БОР!

КЕЛИШОЛМАЙ ОТА ОНАСИ
КИЙНАЛДИКУ АХИР БОЛАСИ
ЙИГЛАБ ТУРАР ГУЛУ ЛОЛАСИ
ОТАНГГА БОР! ЙУК, ОНАНГГА БОР!

АЖРАЛИШДИ, ТАКСИМ БАРЧАСИ
ИККИ ТОМОН УРУШ УЧОГИ
БОЛАЛАРЧИ, БОЛАЛАР НАРИ!
ОТАНГГА БОР! ЙУК, ОНАНГГА БОР!

КУП УРИШИБ, КУП ЯРАШИШДИ!
ВАКТДА УГИЛ КИЗЛИ БУЛИШДИ
НЕНИ УЛАР БУЛИШОЛМАДИ!
ОТАНГГА БОР! ЙУК, ОНАНГГА БОР!

ЙИЛ УТМАСДАН ОТА УЙЛАНДИ
УГАЙ ОНА НАЗАР КИЛМАДИ
БОЛАЛАРЧИ, ХУП КИЙНАЛИШДИ!
ОТАНГГА БОР! ЙУК, ОНАГГА БОР!

БОЛА БИЛАН КАЕРГА СИГДИ
ЖИГАРЛАР ХАМ ЕТ БҮЛДИ ЭНДИ!
БОЛАЛАРИ ҮКСИБ ЙИГЛАДИ.
ОТАНГГА БОР! ЙҮК ОНАНГГА БОР!

ХОТИН КҮЙГАН СОВЧИ ЮБОРДИ
ЯНГАЛАР ШОД, ЭНДИ КҮТҮЛДИ!
БОЛАРЧИ, КАЙГА БОРАДИ!
БОР ОТАНГГА! ЙҮК, БОР ОНАНГГА!

ОТА ЭНДИ БҮЛДИ БЕГОНА!
ЯНГИ ҮЙДА ОНА БЕГОНА!
БОЛАЛАРЧИ, ХОМҮШ ГИРЕНА.
ОТАНГГА БОР! ЙҮК, ОНАНГГА БОР!

ДАВОМ ЭТАР, КИССА ТҮГАМАС!
АЖРАЛМАСИН, ОТА ОНАЛАР!
ҮЗГА ҮЙДА, БОЛАЛАР СИГМАС!
КАЙДАН МЕХР БЕРСИН!
МЕХР КҮРМАСЛАР!

МҮХИБАХОН АХМЕДОВА.

093

ЙИГЛАМА, ДИЛ!

СҮЗ БЕРАМАН! ҮНИ ТОПАМАН!
Бир дустимнинг сузлари
ХАЙРЛАШДИК, КҮЛИБ ТҮРИБ ,
ДИЛЛАР ЙИГЛАДИ.
ВИСОЛ ДЕЯ. КҮВОНГАН БҮ КҮНГИЛ
ТИГЛАНДИ
О. ЮРАГИМ, ЧОК ЧОКИДАН ҮЗИЛАЙ
ДЕДИ
ЙИГЛАМА, ДИЛ!
СҮЗ БЕРАМАН! ҮНИ ТОПАМАН!

СЕН ЭМАС, БИЛ, ОШИК БҮЛГАН
ЭНГ АВВАЛ. МЕНМАН!
БОШИМ ЭГИБ, СҮЗЛАРИНГНИ
ТИНГЛАГАН МЕНМАН!
ИШК БОГИГА ЧОРЛАГАН. БИР
ДЕВОНА МЕНМАН!
ЙИГЛАМА, ДИЛ!
СҮЗ БЕРАМАН! ҮНИ ТОПАМАН!

БОШИНГ ЭГДИНГ, ОКАРТИРДИМ,
СОЧЛАРИНГНИ МАН!
ХАЛОВАТИНГ ОЛИБ ТҮРИБ,
БҮЗЛАТГАН ХАМ МАН!
ФАКАТ ТҮШҮН, ЙҮЛЛАР ХОЗИР
БҮЛОЛМАС ХАМДАМ!
ЙИГЛАМА, ДИЛ!
СҮЗ БЕРАМАН! ҮНИ ТОПАМАН!
БАГРИМ!
БИЛАМАН, БҮ ХОЗИР ИШКИ САРОБ
СЕНИ ТОПИБ, ДИЛ ТИНЧЛАНСА,
АХИР БҮ САВОБ
ЕЛВОРАМАН, О ХҮДОГА! ИЛТИЖО
ХИТОБ!
ЙИГЛАМА, ДИЛ!
СҮЗ БЕРАМАН! ҮНИ ТОПАМАН!

БИР СЕН ЭМАС, БУ ДАРДЛАРГА
БУЛГАН МУБТАЛО!
ЧИН ОШИКЛАР, ХИЖРОНЛАРЛА
ЯШАРКАН, ИЛЛО
МЕН, ХУДОДАН СЕНИ СУРАБ
КИЛАЙ ИЛТИЖО!
ЙИГЛАМА, ДИЛ!
СУЗ БЕРАМАН, УНИ ТОПАМАН!

094

БУ ДУНЕДА БОРМИКАН, БИР БАХТИ ТУКИС?

БАХТИКАРО ДЕБ, ОДАМЛАР,
АЙТМАСИН, ХАРГИЗ!
ЯШАЯПМАН, АММО ДИЛИМ,
ЯШАМАС СИЗСИЗ!
ЙИГЛАМА, ДИЛ!
СҮЗ БЕРАМАН! ҮНИ ТОПАМАН!

ТОПСАМ СЕНИ, ХАР ЕН БОКИБ,
ЧЕКМА ХИЖОЛАТ!
КАЛБИМ ТИРИК, ҮНГА ЕТДИР
ГАР БИЛСАНГ. ГАФЛАТ!
ТО ТИРИКМАН, ИЗЛАБ СЕНИ
ТОПАЙ ХАЛОВАТ!
ЙИГЛАМА, ДИЛ!
СҮЗ БЕРАМАН, ҮНИ ТОПАМАН!
... ДАВОМЛИ...
Сизларга етказган

МҮХИБАХОН АХМЕДОВА.

095

БАХТ НИМАДИР. ХОНАДОНИНГ ТИНЧ

САХАР ТҮРИБ, САЖДАЛАР КИЛСАНГ
ОЛЛОХИМГА МИНГ ШҮКҮР АЙТИБ
ЖОЙНАМОЗДА ТИЛАК БИЛДИРСАНГ!

БАХТ НИМАДИР ФАРЗАНДЛАРИНГ ТИНЧ
ДАСТҮРХОНДА БАРЧА ЖАМ БҮЛСА
АССАЛОМҮ АЛАЙКҮМ АЙТИБ,
ФАРЗАНДЛАРИНГ ИШГА ЖҮНАСА.

БАХТ НИМАДИР ДҮСТЛАР СҮРОКЛАБ
ХОЛ АХВОЛИНГ СҮРАБ ТҮРСАЛАР
ГОХ ГОХИДА ДИЙДОР ШИРИНлар
ДҮСТЛАР БОШЛАБ, ТҮРИБ БЕРСАЛАР

БАХТ НИМАДИР ШИРИН ТИНЧ ХАЕТ
ФАРЗАНДЛАРГА СҮРАЙЛИК ОМАД!
ЭНГ АВВАЛО БАХТ БҮ СОГЛИКДА
ЖОН ДҮСТЛАРИМ БҮЛИНГ САЛОМАТ!

БАХТ НИМАДИР КҮЗЛАГАН МАКСАД
ВА ИНТИЛИБ ҮНГА ЯШАШДИР
ТҮРТ МҮЧАНГ СОГ, ШҮКҮР БЕАДАД
ЯШАШ ЗАВКИН СЕЗИБ ТҮРИШДИР!

БАХТ НИМАДИР. ОТА ОНАНГ БОР
СЕНИ ДҮО КИЛГҮВЧИ КАЛКОН!
ХАР ДҮОСИ МАЛХАМ МАДАДКОР
КҮЧ БЕРҮВЧИ ГАЙРАТ, ФИДОКОР!

БАХТ НИМАДИР ХАМ ВАФОЛИ ЕР
ЯХШИ ЕМОН КҮНДА ТҮРГҮВЧИ
ГОХ ГОХИДА, КОКИЛИБ ТҮРСАНГ,
КҮМАК БЕРИБ, ХАМ СҮЯНҮВЧИ!

БАХТ НИМАДИР ҮГИЛ КИЗ БОРИ,
ҮЛГАЙГАНДА КАМОЛИН КҮРИШ!
ЯХШИ ТАЬЛИМ ТАРБИЯ БЕРИБ,
ХАР СОХАДА ЮТҮГИН КҮРИШ!

БАХТ АЗИЗЛАР, БҮ ТИРИКЛИК
БҮ ДҮНЕНИНГ НЕЬМАТИН КҮРИШ
ХАР КАДАМДА ШҮКРОНА АЙТИБ.
ОЛЛОХИМНИ ЭНГ АВВАЛ СҮЙИШ!...

МҮХИБАХОН АХМЕДОВА.

096

Она тилим, сен жону дилим!

Хар бир элнинг бор гурур, ори
Сингиб кетган калбида бори
Булсин Яна эьтибори
Она тилим, сен жону дилим!

Энг илк сузим сенла бошланган
Она сузин илк бора айтган
Ватан сенла асли бошланган
Она тилим, сен жону дилим!

Сенла онам айтган аллалар
Дилда жушкин кувонч, яллалар
Сен булмасанг, Ким биз еронлар
Она тилим, сен жону дилим!

Куйлаяпман ишкла баралла!
Ет тилларда, Ким айтган алла
Парвардигор, сен узинг кулла!
Она тилим, сен жону дилим!

Хурматим бор, узга тилларда
Аник, еркин сузлай тилимда
Калбимда, хам жону танимда
Она тилим, сен жону дилим!

Үзбегимнинг гурури, шони
Мадхиямнинг магзи, мазмуни
Сенинг Билан узбек беклиги
Она тилим, сен жону дилим!

Тилдан айру, элдан айру булмаймиз
Тилимизни ет элларга бермаймиз
Тугилдикку, сенда булар кабримиз!
Она тилим, сен жону дилим!

Мухибахон Ахмедова.

097

Хуш келибсан, Рамазоним, мархабо! Сен ойларнинг Султонисан, дилрабо!

Келишингга бу кунгиллар интизор
Диллар иймон магзи тула, очиб ифтор
Кечиримли хар сузимиз, ширингуфтор!
Хуш келибсан, Рамазоним, мархабо!
Сен ойларнинг Султонисан, дилрабо!

Кечир, дустим кунглингни ранжитсам
Жигарлардан бориб хабар олсам
Кекса бемор калбига мехр берсам!
Хуш келибсан, Рамазоним, мархабо!
Сен ойларнинг Султонисан, дилрабо!

Имкон бердинг, бу ой покланиш ойи
Истихфорлар айтиб, кечириш ойи
Кул дуода мустажоб булар бари
Хуш келибсан, Рамазоним, мархабо!
Сен ойларнинг Султонисан, дилрабо!

Дуо килай дустларим намозимда
Эзгу ният килинг, дуст Рамазонда
Истихфорлар айтинг, куп куп сахарда!
Хуш келибсан, Рамазоним, мархабо!
Сен ойларнинг Султонисан, дилрабо!

Аразлашган дустлик кулини чузсин!
Бева бечоралар холин сурасин
Руза тутиб, ифторларга етишсин!
Хуш келибсан, Рамазоним, мархабо!
Сен ойларнинг Султонисан, дилрабо!

Сурайлик ризк рузимиз оллохдан!
Товфик берсин угил кизга мехрдан
Ахли солих фарзандга ибодатдан
Хуш келибсан, Рамазоним, мархабо!
Сен ойларнинг Султонисан, дилрабо!

Дилга зие, калбга бериб хушнудлик
,,Ассалому алайкум,, да бор шодлик
Шукур айтиб, очайлик сахарлик
Хуш келибсан, Рамазоним, мархабо!
Сен. ойларнинг Султонисан, дилрабо!

Гунохларни ювиб олайлик савоб
Дустим мехри калбимда яшнар офтоб
Самодар егилар нурлар шу тоб
Хуш келибсан, Рамазоним, мархабо!
Сен ойларнинг Султонисан, дилрабо!...

098

Эсизгина, кип кизил гуллар!

БҮТОГИДАН БАРВАКТ ҮЗИЛГАН
ЕР КҮЛИГА БОРИБ ТЕГМАГАН
ХАЗОНДАЙИН, ЕРЛАРДА ЕТГАН
Эсизгина, кип кизил гуллар!

РАД ЭТИЛГАН СЕВГИ ТАМГАСИ
БЕҮН ЙИГЛАР, АЙТ БҮ НИМАСИ
БҮТОГИДА СҮЛСА БҮЛМАСМИДИ
Үнутилган, кип кизил гуллар!

РАД ЭТИЛГАН ОШИК НОЛАСИ
КҮЗЛАРДАГИ АРМОН ЖОЛАСИ
СҮЛДИ ОЧИЛМАЙИН ГҮНЧАСИ
Эсизгина, кип кизил гуллар!

ГҮЛ ХАЙРОН, ЭЬЗОЗИ КАНИ
СЕВИЛМАГАН ДИЛНИНГ ТИКОНИ
ХАЗОН КИЛДИ ОЧИЛГАН ГҮЛНИ
Эсизгина, кип кизил гуллар!

РАД ЭТИЛГАН ИШКНИНГ АЗОБИ
О, ТҮПРОККА БЕЛАНГАН ТАНИ
КҮЗ ЕШЛАР ГҮЛОБИЙ ОБИ
Эсизгина, кип кизил гуллар!

НИМА ЭДИ ГҮЛНИНГ ГҮНОХИ
ИККИ ИНСОН РАД ЭТДИ ҮНИ
СЕВИШГАНЛАР КАНИ КҮЧОГИ
Рад ЭТИЛГАН, кип кизил гуллар!

КҮЗ ЯШНАТАР ГҮЛЛАР ЭДИКҮ
ГҮЛЗОРДА Ү ТАНХО ЭДИКҮ
ҮНИ ХАММА СЕВАР ЭДИКҮ
Эсизгина, кип кизил гуллар!

РАД ЭТИЛГАН ХИСЛАР АРМОНИ
ЭРТА СҮЛГАН ГҮЛБАРГЛАР ОХИ
АЙТИНГ, НИМА ЭДИ ГҮНОХИ
Үнутилган, кип кизил гуллар! ...

099

Хуп хуп , ойижон!

Тез тез, келинжон!
ЯНГИ КЕЛИН ОСТОНАДА
ЭНДИ ТҮРДА КАЙНОНА!
ШҮНДОГ ҮГИЛНИ БЕРДИ Я
ХҮЖАЙИНЛИККА КЕЛДИ Я!
Каердасиз,келинжон
Лаббай,лаббай ойижон!

ҮЙНИ КҮЙИНГ ТОЗАЛАБ
ОШНИ ВАКТИДА ДАМЛАБ
БҮЛИНГ, КЕЛИНЖОН ЧАККОН
ҮЙГА КЕЛАР МЕХМОНЖОН,
Тез тез, келинжон!
Хуп хуп, ойижон!

КАЙНОНА БҮЙРҮКНАВОЗ
КЕЛИН ЧАККОН БҮЛСА СОЗ
ХАЛИ ЯНГИ КЕЛИНДА
КИМИРЛАШИ СЕКИНДА,
тез тез, келинжон!
Хуп хуп, ойижон!

ЗРКАКЛАР ИШГА ШОШАР
НОНYШТАНИ ТАЙЕРЛАНГ,
ЧИННИ ЧИРОК YЙ ХОВЛИ
ЯШНАБ КЕТСИН ДИЛ БАГРИ
тез тез, келинжон
Хуп хуп,ойижон!

ЭРИНГИЗГА КYП ЕПИШМАНГ
ДЕРАЗАНГИЗ ОЧИК ЛАНГ
YЯТ ХАМ ГОХИ КЕРАК
МYНЧА СИЗ ИШГА БYШАНГ,
Тез тез, келинжон!
Хуп хуп, ойижон!

КЕЛИН ДЕГАН ИШ БИЛСИН!
АЙТМАСДАН YЗИ КИЛСИН
КАЙНОНА ЖОЙНАМОЗДА
ЕШЛАРНИ ДYО КИЛСИН,,!
Каердасиз, келинжон
Лаббай, лаббай ойижон!

БИР КҮН КЕЛИН ЧИКМАДИ
ЧАКИРГАНДА ЭШИТМАДИ
КАЙНОНА БҮЛИБ ХАЙРОН
ҮРИША КЕТДИ БИЙРОН
Каердасиз, келинжон!
Лаббай демади, хеч жон!

КҮРСА КЕЛИН ЮЗИ ДОГЛИ
ТҮШҮНДИ ШИРИН СҮЗИ
КЕЛИНИМ,АСАЛ КАНДИМ
ИСИРИК ТҮТДИ ҮЗИ!
Тез тез, келинжон!
Хуп хуп ойижон!

КАЙНОНА ҮЗИ ЧАККОН,
КЕЛИНГА ХҮП МЕХРИБОН
ИШ КИЛИШГА КҮЙМАЙДИ
КҮТАДИ ЯНГИ МЕХМОН
Каердасиз, келинжон
Лаббай лаббай, ойижон!

КАЙНОНА КЕЛИН ИНОК
ҮЙДА ШОДЛИК, ДИЛ КҮВНОК
КҮЛТИГИ ОША ТОША
КҮЕВ ШОШАР ҮЙИГА
Каердасиз, келинжон!
Лаббай, лаббай ойижон!.... давомли..

100

Жудолик.

Бас Энди жудолик жонимга тегди
Олма, эй дунё! Якинларимни
Бас етар хижронлар багримни тилди
Эй, - Дунё! Кайтар юлдузларимни
Yларсиз дунё менга сароб бахт
Эй, - Дунё! Кайтаргин орзуларимни
Yларсиз бу дунё, бил-шароби талх
Шамларга алишма кундузларимни....

*** **** *** ******

Хватит, надоело расставаться,
Не бери,о,судьба, моих родных.
Так ранило сердце расставанье,
О,судьба верни моих
родных.

Без них нет счастья мне на свете,
О,судьба , верни мечты мои.
Без них нет смысла в жизни мне,
Не меняй мой день на свечи...

101

Айтинг, Сиздан булак кимим бор!

Синов келса, булдингиз калкон
Мени аяб, чекдингиз фигон
Асаб таранг, каддингиз камон
Айтинг, Сиздан булак кимим бор!

Яширсам хам, билдингиз дарров
Ташвиш юки, бошдаги киров
Сиздек мени тушунмас биров!
Айтинг, Сиздан булак кимим бор!

Кузларимдан укасиз сузим
Сиз кишдаги яшнар бахорим
Сизнинг Билан, лоларанг юзим
Айтинг, Сиздан булак кимим бор!

Гох уришиб, гох ярашамиз
Келса синов, бахам курамиз
Шукур йукдир, хеч камимиз
Айтинг, Сиздан булак кимим бор!

Сиз умримнинг.маьно безаги
Хаетимнинг чукур узаги
Хаммадан хам, менга кераги
Айтинг, Сиздан булак кимим бор!

,,Дошкозоним Сиз копкоги!,,
Рузгоримнинг устуни боги!
Гар суянсам, суянчим тоги
Айтинг, Сиздан булак кимим бор!

Кексаликка етайлик бирга!
Гам ташвишлар, кетсин нарига!
Шукур килдим, Сизла борига
Айтинг, Сиздан булак кимим бор!
, ...давомли..

Мухибахон Ахмедова.

102

.... .Аелни йиглатманг!!!

Аелни йиглатманг, нозик дилига
Хатто, сезмасдан бермангиз озор
Аел йиглар булса, калкийди замин
Самодан егилар, минг битта озор

Кизми у, жувонми еки сингилми
Ширин сузингизни аяманг!
Нозик дилига озорлар бериб
Копкора кузларинг ешга тулдирманг!

Худо инсоф берсин, дилозорларга
Бутокдаги гулдек аелга тегманг!
Йиглатманг, бехосдан нозик хилкатнинг
Кузида еш, дилига ханжарни сукманг!

Аел гар йигласа, фарзандлар йиглар!
Емгирлар куйилар, селлар егилар!
Берилган хар озор, кузда еш учун
Кукдаги худонинг хам кахри келар!

Аелни йиглатманг, у нозик хилкат!
Дунени кизганиб, багрини тилманг!
Дилингиздаги кахру газабни
Аелга сочиб, безовда килманг!

Y хам кимгадир ер, кимгадир сингил
Бехуда синмасин, шаффофи кунгил!
Аелни йиглатманг, уволга колманг!
Охират жавобин эсдан чикарманг!

......Мухибахон Ахмедова!

103

Келинг Энди, Бухорога, Бухорога Зебо шахрим, гулорога, дилорога!

Инсонлари мехмоннавоз, кул таьзимда
Чарчамайди дастурхонлар тузатишда
Хурсанд булар, Сизга хизмат килишда
Келинг Энди, Бухорога, Бухорога
Зебо шахрим, гулорога, дилорога!

Минг тарихдир, хар бир масчит, хар обида
Юрт пешкадам, мехмоннавозлик бобида!
Севиб колиб, кувонасиз бир куришда.
Келинг Энди, Бухорога, Бухорога
Зебо шахрим, гулорога, дилорога!

Энг гавжум жой, Лаби ховуз буйларига
Салкин хаво, оромижон жойларига!
Сурат тушиб,, Насриддин,, нинг енларига!
Келинг Энди, Бухорога, Бухорога
Зебо шахрим, гулорога, дилорога!

Баховуддин Накшбандий, Сизни чорлар
,,Даст ба кору, дил ба ерга,, дил ошикар!
,,Етти Пирлар,, маконига кунгил тортар!
Келинг Энди, Бухорога, Бухорога,
Зебо шахрим, гулорога, дилорога!

Чор минори асли ҮЗИ битта тарих
Абдурауф Фитратларнинг Кузи ешлих
Файзулло Хужалар орзуси ахир
Келинг Энди, Бухорога, Бухорога
Зебо шахрим, гулорога, дилорога!

Шоир эмас, кизлари шеьрлар езар
Икки тилда, икки забонда суйлар
,,Хуш омадет, Бухороба, Бухороба!,,
Келинг Энди, Бухорога, Бухорога
Зебо шахрим, гулорога, дилорога!..
Давомли...

Мухибахон Ахмедова.

104

Багрингизда гуллар, гули райхоним!

Оз бир тухфамдан хам хуп шодланганим
Сиз оллох юборган менинг жаннатим
Гуллар фариштаси, гули раьнойим!
Гуллар тутган кулингиз упай!

Тинимни билмайсиз, тинчимаганим!
Фарзандлар бахтидан хуп шодланганим
Ўзилмас буйнимдан сиз учун карзим
Сизни тахфов этсам, бу хам бир фарзим!
Гуллар тутган кулингиз упай!

Сиз хает бердингиз, курдим дунени!
Аллалар айтдингиз, бериб оромни
Ўмрим сурадингиз айтиб дуони!
Буйимдан айланиб, бахтимни сураб!
Гуллар тутган кулингиз упай!

Гохи омад кетди, гохида келди!
Кимлар буни билди, кимлар билмади!
Дуо укиб кулларингиз толмади
Ўзиидан хам купрок суюнганим Сиз!
Гуллар тутган упай кулингиз!

105

Танда уриб турибди юрак

Кулни очиб айтамиз тилак
Дуоларла бакувват билак
Шукур етдик, янги тонгга хам!

Гул лолага бокар куз чакнок
Дил изланиш фикрида чанкок
Бугун барча булади кувнок
Шукур етдик, янги тонгга хам!

Ким мактабга, Ким шошар ишга!
Кулда кетмон, дехкон далага
Шодланмайлик, айтинг нимага
Шукур етдик, янги тонгга хам!

Бахор тонгин файзи узгача!
Оппок булиб гуллар оллича
Тузга ботиб еймиз довучча
Шукур етдик, янги тонгга хам!

Кувнок утсин хар бир кунимиз!
Дастурхонда ноз неьматимиз
Савлат тукиб турар нонимиз
Шукур етдик, янги тонгга хам

Салом сенга, баракали кун!
Дустлар, сизга муборак бу кун!..

106

Ота булиб нима килдингиз Таьна килманг, йукдир хаккингиз!

Бир машаккат, бир бог устирмок
Минг машаккат, фарзанд устирмок
Фарзанд бунед булди ота конидан
Ришталар боглайди она мехридан
Ота булиб нима килдингиз
Таьна килманг, йукдир хаккингиз!
Ранжитманг, кунглига олса худо бор
Йигласа, Аршнинг жазоси тайер!
Ранжитиб куйсангиз, иш унгдан келмас!
Минг уринсангиз хам, омад ер булмас!
Ота булиб нима килдингиз
Таьна килманг, йукдир хаккингиз!
Сен дунега келдинг, кувонган отанг!
Шодланиб, дустларга туй берган отанг!
Кенг елкасига опичлаб юриб
Дустига кувониб курсатган отанг!
Ота булиб нима килдингиз
Таьна килманг, йукдир хаккингиз

ҮЗИ емайин едирган ким
Буларни сен унутдинг, балким
Кенг елкасини чуктирган ким
Куриб турар барин, худойим!
Ота булиб нима килдингиз,
Таьна килманг, йукдир хаккингиз!
Асоларга суянтирганинг
Гам кетидан, гам келтирганинг
Куйгин, сурсин кексалик гаштин
Синдирмагин, куй Энди шаштин!
Ота булиб нима килдингиз,
Таьна килманг, йукдир хаккингиз!
Килди кулда неки борини
Ахли суннат куша туйингни
Очиб берди, рузгор йулингни
Ердамлашди куриб уйингни!
Ота булиб нима килдингиз,
Таьна килманг, йукдир хаккингиз!

107

Бошинг узра баланд кутаргин

Байрогимиз гурур, оримиз
Бутун дуне берди сенга тан
Углонларинг, дуо кил Ватан!

Шу Ватан деб тайер турарлар
Курашларда арслон буларлар
Узбек Элин беклари улар
Углонларинг, дуо кил Ватан!

Амрикода жанг кутар Шахром!
Хасанбой, у... Ришодлар шахдам
Артурингга дуне берди тан!
Углонларинг, дуо кил Ватан!

Бирлашганлар бирдам турарлар!
Ватан мадхин бардам айтарлар
Гурурингга гурур кушарлар
Углонларинг, дуо кил Ватан!

108

Кимнидир соғинсак, ким эса бизни

Яхшилар ёритса доим йўлларни
Маҳкам ушласак дўст қўлларини
Демак бу дунёдан изсиз кетмаймиз!
Яхшилар меҳри қалбнинг тўрига
Қўл оёқ бутун нолиш нимага
Танишу нотаниш яқин бу дилга
Демак, бу дунёдан изсиз кетмаймиз!
Севдик,севилдик шуда бир ҳаёт
Ўзи зарба берди,гоҳида нажот
Үмид чироғимиз ўчмайди ҳайҳот
Демак,бу дунёдан изсиз кетмаймиз!
Гоҳи аримади дилдаги алам
Гоҳи яшнаб кетди қувончдан олам
Гоҳи шоир каби тутқизди қалам
Демак,бу дунёдан изсиз кетмаймиз!
Гоҳи ногоҳ келди селдай жудолик
Қалбдаги зилзилага бериб бардошлик
Фарзандлар борлиги бериб хушёрлик

Демак,бу дунёдан изсиз кетмаймиз!
Сӯзимиз кимгадир малҳами шифо
Дӯсти ёр борлиги дардларга даво
Қалбларга меҳрла қӯшамиз наво
Демак бу дунёдан изсиз кетмаймиз!
Бӯлайлик доимо муҳиб меҳрибон
Ҳаётдан завқ олиб,яшаб ҳам шодон
Танишу нотанишга бӯлиб қадрдон
Демак,бу дунёдан изсиз кетмаймиз!
Муҳибахон Ахмедова.
Кимнидир соғинсак,ким эса бизни
Яхшилар ёритса доим йӯлларни
Маҳкам ушласак дӯст қӯлларини
Демак бу дунёдан изсиз кетмаймиз!
Яхшилар меҳри қалбнинг тӯрига
Қӯл оёқ бутун нолиш нимага
Танишу нотаниш яқин бу дилга
Демак, бу дунёдан изсиз кетмаймиз!
Севдик,севилдик шуда бир ҳаёт
Ӯзи зарба берди,гоҳида нажот

Үмид чироғимиз ўчмайди ҳайҳот
Демак,бу дунёдан изсиз кетмаймиз!
Гоҳи аримади дилдаги алам
Гоҳи яшнаб кетди қувончдан олам
Гоҳи шоир каби тутқизди қалам
Демак,бу дунёдан изсиз кетмаймиз!
Гоҳи ногоҳ келди селдай жудолик
Қалбдаги зилзилага бериб бардошлик
Фарзандлар борлиги бериб хушёрлик
Демак,бу дунёдан изсиз кетмаймиз!
Сўзимиз кимгадир малҳами шифо
Дўсти ёр борлиги дардларга даво
Қалбларга меҳрла қўшамиз наво
Демак бу дунёдан изсиз кетмаймиз!
Бўлайлик доимо муҳиб меҳрибон
Ҳаётдан завқ олиб,яшаб ҳам шодон
Танишу нотанишга бўлиб қадрдон
Демак,бу дунёдан изсиз кетмаймиз!

Муҳибахон Ахмедова.

109

Гоҳида кўринмай қолсам агарда

Йўқлигим билиб қолсангиз шунда
Излаб қолсангиз дўстим қаерда?
Шу бахтдан айирма,қодир Худойим!
Ишу ташвишлардан ортиб бўлса ҳам
Сўроқлаб келсангиз қайда бу одам
Меҳрингиздан ҳайрат,шодлансам шу дам
Шу бахтдан айирма,қодир Худойим!
Иссиқ жон,гоҳида бўлсам гар бемор
Иситмам кўтарилиб тунлар бедор
Кўриб Сизни шодлансам минг бор
Шу бахтдан айирма ,қодир Худойим!
Кутмаган ташрифдан бошим сарбаланд
Ширин сўзи малҳам шифо асал қанд
Беморлигим унутолсам шояд
Шу бахтдан айирма,қодир Худойим!
Фарзандлар атрофим ўраб олсалар
Ширин сўзлар айтиб кўнглим олсалар

Сиз бизга кераксиз айтиб турсалар
Шу бахтдан айирма,қодир Худойим!
Мактуб йўллаяпманда,дилимда меҳр
Дўстларимнинг ардоғи ёқимли сеҳр
Қалбимминг бор дўстим,шукроналар дер
Шу бахтдан айирма,қодир Худойим!
Кетсам бу дунёдан тўрт ишкилим соғ
Дилда армон қолмай,кўнглим бўлиб тоғ
Фарзандлар ортимда қолдириб бир боғ
Шу бахтдан айирма,қодир Худойим!
Қил Муҳиб меҳрибон тиллари бурро
Калимаи шаҳодатдан дилда илло
Ўзинг меҳрибоним бўлгин,Худоё
Шу бахтдан айирма,қодир Худойим!

Муҳибахон Ахмедова.

, Корея.

110

Ассалому алайкум!

Барча азиз дўстлар номидан севимли шоирамиз,,Мўътабар АЁЛ,. кўкрак нишони совриндори,ҳукуматимиз қанчадан қанча мукофотлар билан тақдирлаган ажойиб аёл,меҳрибон она,шогирдларнинг севимли ҮСТОЗи,Фезбукда қанчаданқанча ибратли шеър,асарлари бизларга таниш ХОЛБИБИ ЭРГАШЕВАГА!

Ўтиб кетар ҳар кундир ғанимат
Минг шукронага очилган қўллар
Бўлинг доимо соғу саломат
Босган қадамингиз бизларга ибрат
Холбибижон опам,яшнаган олам!
Ҳар насиҳатдир бир дуру гавҳар
Тонгги саломлар йўллаб ҳар саҳар
Гоҳи аччиқ сўз,гоҳ ширин калом
Гўзал ҳар тилаклар,хайрли оқшом
Холбибижон опам,яшнаган олам!

Мушфиқ меҳрибон,МЎЪТАБАР аёл
Меҳру муҳаббат,сўзларида бол
,,Ҳикматлар хазинаси" жамул жам
Дўстлик байроғини кўтариб маҳкам!
Холбибижон опам,яшнаган олам!
Сиздайлар кўп бўлса агар дунёда
Асаблар мустаҳкам,лабларда шўх куй
Сиздайлар кўп бўлса ,агар дунёда
Ҳар бир хонадонда,ҳар куни бир тўй!
Холбибижон опам .яшнаган олам
Тилагим ҳамиша соғ омон бўлинг!
Мағрур бошингизни сарбаланд этиб
Орзуларга етинг камолот истаб
Иқбол байроғини баланд кўтариб!
Холбибижон опам яшнаган олам!

Муҳибахон Ахмедова

Ж. Корея.

Сувон.

111

Оллоҳимнинг суйганими яхши одамлар?!

Барча қадрли дўстларимга !
Қайда бўлсак қидирамиз,гоҳи тополмай
Изингизга зор бўламиз,меҳрдан қонмай
Ким айтади?бегона деб,дил истар тонмай
Оллоҳимнинг суйганими яхши одамлар?!
Жигардошлар қилмаган қилиб яхшилик
Меҳр истар юракларга сиз шукроналик
Орзу истак умидларга бўлиб рўшнолик
Оллоҳимнинг суйганими яхши одамлар?!
Тилак тилаб юракларга қалбга сингасиз!
Оллоҳ берган синовлардан омон чиқ,дейсиз
Яхшиямки бу дунёда ўзингиз борсиз
Оллоҳимнинг суйганими яхши одамлар?!
Талпинади сиз томонга Муҳиб меҳрибон
Оллоҳимдан умр тилай,бўлинг соғ омон
Ҳаётингиз гуллар каби яшнасин чандон
Оллоҳимнинг суйганисиз яхши одамлар!
Меҳрингизга пайванд бўлсин шу жону
диллар!

Муҳибахон Ахмедова.
07.11.2020.

112

Хайрли кеч!

Тун бағрига лола ранг шафақ
Аста аста чӯкиб бормоқда
Гулзор гуллар ифорин сочиб
Минг ноз ила тунни кутмоқда
Тинди қушлар чуғур чуғури
Намозшомгул гулларин ёпти
Хайрли кеч,хайрли оқшом
Атиргуллар уйқуга кетди
Сиз ҳам дӯстим,чарчаб қолдингиз
Энди бир оз ором олингиз
Хайрли кеч,хайрли оқшом
Тунги чироқ юлдузлар салом!

Муҳибахон Ахмедова.

113

Топар обрӯ ҳам саодат

Яхшиликни қилса одат
Ярашади меҳру иззат
Ҳар ким ӯзин ҳурмат қилса!
Кимга керак шарафу шон
Қалбида бор кимда иймон
Пок эътиқот ҳамда виждон
Ҳар ким ӯзин ҳурмат қилса!
Кичикларга қилиб иззат
Улуғларга доим ҳурмат
Касб корига жушар ғайрат
Ҳар ким ӯзин ҳурмат қилса!
Кӯнгли доим хотиржам
Шодлик қувонч дилда ҳамдам
Ӯю ишда бӯлар бардам
Ҳар ким ӯзин ҳурмат қилса!

Ўргатади ҳурматлашни
Айтиб панду насиҳатни
Билиб ширин ҳам койишни
Ҳар ким ўзин ҳурмат қилса!
Бўлсин доим пок дил виждон
Юрар доим шоду хандон
Атрофида дўсту қадрдон
Ҳар ким ўзин ҳурмат қилса!
Бўлмаса гар бўшдир ўрни
Топиб доим қадр қимматни
Дилда сақлаб муҳаббатни
Ҳар ким ўзин ҳурмат қилса!

Муҳибахон Ахмедова
07.09.2020
Корея,

114

Salam dostlar. ! Özbəkistanin gözəl şeirlər müəllifi olan dostumuz şairə xanım Muxibaxon Axmedovanin şeirlərindən birini tərcümə etdim. Buyurun.

Hörmət etsə.
Tapar abır,həm səadət,
Yaxşılığın edər adət,
Ediləcək hörmət, İzzət,
Kim özünə hörmət etsə.
Kimə gərək şərəf və şan,
Qəlbində olmalı iman,
Təmiz inam,həm də vicdan
Kim özünə hörmət etsə.
Kiçiklərə edib İzzət,
Boyuklərə daim hörmət,
Kasıb olar itməz qeyrət,
Kim özünə hörmət etsə.
Günləri daim xətircam,

Sadliq,sevinc,dil mehriban,
Evdə,işdə,sakit tamam,
Kim özünə hörmət etsə.
Öyrədər öz hörmətini,
Söyləyər nəsihətini,
Bilər yaxşı əməlini,
Kim özünə hörmət etsə.
Olar onda təmiz vicdan,
Gəzər,gülər,o mehriban,
Hər tərəfi dostu,həmdəm,
Kim özünə hörmət etsə.
Boş deməz öz söhbətini,
Tapar daim qiymətini,
Deyər saf məhəbbətini
Kim özünə hörmət etsə.

115

БИР УМРГА БИРГА БЎЛАМИЗ

ТОКИМ ЎЛИМ АЖРАТМАГУНЧА!
КУЛДИ БИЗГА ТАҚДИРИ АЗАЛ
ШУКРОНАЛАР ТИЛИМДА ҒАЗАЛ
БИЗНИНГ ИШҚДИР БАРИДАН АФЗАЛ
БИР УМРГА БИРГА БЎЛАМИЗ
ТОКИМ ЎЛИМ АЖРАТМАГУНЧА!
ИҚРОР БЎЛДИМ,ИШОН АТАЙИН
СЕНГА ЖОНИМ,ИШҚИМ АЙТАЙИН
СЎНГГИ ДАМ ҲАМ ИСМИНГ АЙТАЙИН
БИР УМРГА БИРГА БЎЛАМИЗ
ТОКИМ ЎЛИМ АЖРАТМАГУНЧА!
ЯШАЯПМИЗ УМРНИНГ БОРИЧА
ЎТДИ ЙИЛЛАР ЁМҒИР,ҚОР ҚАНЧА
СЕНЛА ДОИМ ДИЛ ОЧАР ҒУНЧА
БИР УМРГА БИРГА БЎЛАМИЗ
ТОКИМ ЎЛИМ АЖРАТМАГУНЧА!

ИШОН,СЕНСИЗ ҲАЁТ МАЪНОСИЗ
СЕН ҚАЛБИМНИНГ ТУБИДА АЗИЗ
УМРИМ БИЛСАНГ ,СЕНСИЗ ҚАДРСИЗ
БИР УМРГА БИРГА БЎЛАМИЗ
ТОКИМ ЎЛИМ АЖРАТМАГУНЧА
СЕНСИЗ ЕТМАС ДИЛИМДА НАФАС
ДИЛ ТОРИМДА МУҲАББАТ ҚАФАС
СЕНСИЗ ДУНЁ ҒАРИБ,КЕРАКМАС
БИР УМРГА БИРГА БЎЛАМИЗ
ТОКИМ ЎЛИМ АЖРАТМАГУНЧА!
ЙИЛЛАР ОША СЕЗАМАН ҚАДРИНГ
БОР ҲОЛИЧА ҚАДРУ ҚИММАТИНГ
МЕҲР БЕРДИНГ,ИШҚУ ҲИММАТИНГ
БИР УМРГА БИРГА БЎЛАМИЗ
ТОКИМ,ЎЛИМ АЖРАТМАГУНЧА!
РАҲМАТ ЖОНИМ,БОРЛИГИНГ УЧУН!

МЕН ҒАРИБГА ЁРЛИГИНГ УЧУН
МЕҲРУ ИШҚИНГ БЕРГАНИНГ УЧУН!
БИР УМРГА БИРГА БЎЛАМИЗ
ТОКИМ ЎЛИМ АЖРАТМАГУНЧА!
(СЎРАГАНЛАР УЧУН.)

МУҲИБАХОН АХМЕДОВА.

116

Осуда кунларни тилайман сизга

Зимистон кунлар ҳам ӯтиб кетгувчи
Шодон кунлар ёр бӯлсин,азизлар Сизга
Хушбахт кунлар яна эшик қоқгувчи
Ӯзни қадрлашни ӯрганайлик биз!
Барчасидан азиз инсон ӯзингиз
Дунё меҳмонхона яшаб қоламиз
Гина кудуратни четларга суртиб
Зангори осмонга назар соламиз
Ӯзни қадрлашни ӯрганайлик биз!
Қалбингиз энг гузал бахтларга тӯлсин
Бошлаган ишингиз унум келтирсин
Бугунги энг хушбахт,ёруғ мусаффо
Хайрли тонг шамоли,қалбларга шифо!
Ӯзни қадрлашни ӯрганайлик биз!
Хайрли тонг!Хайрли кун азизлар!

Мухибахон Аҳмедова
25,10,2020,
Корея.

117

Сизга ёр бўлардим маҳшарларда ҳам!

(бир синглимиз хат ёзиб турмуш ўртоғи бевақт вафот этганини орадан анча вақт ўтса алам дилидан кетмаётганини ёзибди. .)

Ҳижронлар бағримни тилиб ўтса ҳам
Дунё бир камлигин айтиб турса ҳам
Қайта дунёларга агар келсам ҳам
Сизга ёр бўлардим маҳшарларда ҳам!
Ўзим бунда ёрим ўйларим сизда
Сизсиз яшаш бағрим жуда қийинда
Нетай унутишим мумкин эмасда
Сизга ёр бўлардим маҳшарларда ҳам!
Фарзандларим бир ён қувончли бахтим
Ўзингиз эдингиз Сулаймон тахтим
Үнутмайман сизни тириклик аҳдим
Сизга ёр бўлардим маҳшарларда ҳам
Бугун осмон йироқ.заминдир қаттиқ
Чўкиб бораяпти кўзимда борлиқ

Тирнайди дилимни Сизсиз айрилиқ
Сизга ёр бўлардим маҳшарларда ҳам
Жойингиз жаннатда бўлсин.Султоним!
Сабр берсин ғамга қодир худойим
Бир ожиз бандаман не ҳам қилардим
Сизга ёр бўлардим маҳшарларда ҳам!
Энди қуръон. тасбеҳ доим қулимда
Истиғфор айтаман ҳар намозимда
Рози ризоликлар сўрайман Сиздан
Сизга ёр бўлардим маҳшарларда ҳам
Ҳижронлар бағримни тилиб турса ҳам
Дунё бир камлигин айтиб турса ҳам
Қайта дунёларга агар келсам ҳам
Сизга ёр бўлардим маҳшарларда ҳам.
(синглимизга сабр тилаб сизларга етказган.)

Муҳибахон Ахмедова.

118

А. М.

Кел бугун ёзамиз ишқни мадҳ этиб
Ашъорлар битамиз айлаб тараннум
Сен ҳам ёниб сўйла ашъорлар битиб
Муҳаббатдан топсин кўнгиллар қўним
М.А.
Кут мени азизим,ишқни мадҳ этиб
Ашъорлар битамиз бахтга қўл бериб
Юлдузлар жўр бўлар чақмоқ ҳам яқин
Чапак чалар гумбурлаб ҳаттоки чақин
Меҳриддин
Чақин чиқсин майли қарсакларимдан
Гўзал ташбеҳларни ишлатай қўшиб!
Кел, бугун сўйлайин истакларимдан
Таърифингни битай юракдан жўшиб
М,А.

Мен ҳам чапак чалай сенга жўр бўлиб
Таърифла,сўзларинг қалбим озиғи
Шошай оқар сойни ортда қолдириб
Ҳижронли кунларнинг қарзини узиб
Меҳриддин Адоий
Мен шайдо бўлганман дона холингга
Бахш айлай холингга бутун жаҳонни
Садқа бўлсин жоним,моҳ ҳилолингга
Мен сенга шайдоман нозли жононим!
М.А.
О,меҳрим шодлигим кўкка бўй чўзиб
Шодлик қувончимдан лолалар унсин!
Садқа қилган жонин жонимга қўшиб
Ишқдан юрак бағрим минг пора бўлсин!

Россия Корея.

119

ОҚСОЧЛИККА УНДАМАНГ БИЗНИ!

Ерга урманг ўзбек қизларин
Оғирлиги сизга тушмабди!
Шароити майли бўлмасин!
Сиздайлардан Оллоҳ асрасин!
Қўлингиздан нима ҳам келар
Минбарларда ваъз сўзлашдан
Пайти келар сиздан ор қилар
Элу улус юзини бурар!
Ўзингизга раво кўрмасни
Бошқаларга раво ҳам кўрманг!
Сиз қолдингиз отмаган тошни
Қашинг энди шу қовоқ бошни!

Шуми билим,шумиди тарбия
Оқсочликка ундаб қолдингиз
Дилингизда борин ниҳоят
Ошкор айтиб қалбни эздингиз!
Аёл деган шу улуғ зоддан
Бунёд бўлган ўзингиз ахир
Ўзбек қизин айириб бахтдан
Оқсочликка ундаманг,тақсир!
Кун келади ўзбегим аёли
Неларга қодир кўради дунё
Мужассам қалбда шарм ҳаёли
Сиздайлардан асрасин Худо!

Муҳибахон Ахмедова.

Корея.

11.10.2020.

120

Ғам қаритар аёлни!

Меҳнат эмас,ҳа ғам қаритар аёлни
Дилин билмас,гоҳ ёр қаритар аёлни
Фарзандлари гап уқмаса ҳам қарийди
Ўзи ўзидан пичирлаб не сўйлайди!
Соғлом бўлса,меҳнат қилиб ҳеч чарчамас!
Қаварилган қўллари нолишни билмас
Ўғил қизи,келин куёви бўлса ҳам
Пишир тушир ,чой дамлашдан ҳеч
эринмас!
Пешонасин ажинлари тақдир изи
Ҳар чизиқда ғамларининг бордир
сўзи
Манглайини пешонасин шўр деб
билмас!
Қўл меҳнатда,соғлом бўлса ҳеч
нолимас!
Келин қизга гоҳ қўлини бергиси
йўқ

Улар йўқда уй тўрида ўтириш
йўқ!
Меҳнатла туғилган ,меҳнатла
кетади!
Дил дастурхон мас,сизла баҳам
кўрмайди!
Ғам бўлмаса аёл асло кексаймас!
Меҳнала бахт топар,меҳнатдан
нолимас!
Бахтли бўлса ўғил қиз,яйраб
яшнайди!
Келиндай гоҳ қўли косов,соч
супурги!

Муҳибахон Ахмедова
Корея.
Осан.
08.10.2020.

121

Лоқайд бўлманг,асло одамлар!

Юрагини куйиб кул қилиб
Ўзига ўт қўйди бир аёл
Армонларни бағрига ютиб
Ноҳақликдан дод солди аёл!
Лоқайд бўлиб қараб турганлар
Виждонига ўтни қўйганлар!
Қолмадими қалбда диёнат
Илдиз отиб кетган хиёнат
Нечун аёл ёниши керак?!
Ҳақиқатни топмади демак!
Лоқайд бўлиб қараб турганлар
Виждонига ўтни қўйганлар!

Етим қолди гўдак фарзандлар
Бошларини ким силайди
Ҳақ деб ўлса агар оналар
Келажакда нима бўлади
Лоқайд бўлиб қараб турганлар
Виждонига ўтни қўйганлар!
Нима дейй?!бағрим бўлди қон
Аёл асло чекмасин фиғон!
Охиргиси бўлсин бу сабоғ!
Ўт қўймасин бағрига Гулбоғ!!!
Лоқайд бўлманг,асло одамлар!
Мудрамасин қалбда виждонлар!

Муҳибахон Ахмедова.

Корея.

122

Гумбурлади момоқалдироқ

Титраб кетди дарахт танаси
Барглар дув,дув ҳис этиб титроқ
Шамол пуфлаб супурди ерни
Барқут булут қочди нарига
,,йўл бўшатгин,,дер қора булут
Ҳукмронман энди уч ойга
Хизмат қилар ёмғир дўл менга
Олтин либос кийиб куз хоним
маликалик тахтида ҳоким
Аямасдан ёмғир ёғдирар
Жимжитликка кўникар кўнгил
Бўш келмайди тўкилган барглар

куз хонимга ёқиши келар
Мусиқани шамоллар бошлар
Маҳзун барглар рақсга тушар
Қўл тебратар дарахт шохлари
Йиғлаб маъюс хайрлашмоқда
қайтиб келмас тўкилган барглар
тўхтамасдан рақс тушмоқда.
Улар энди олтин либосда
Ёмғир бир пас ёғмайин тургин
Баргларнинг шу нолон рақсида
Куз хонимнинг туришин кўргин!

Мухибахон Ахмедова.

123

Ӯзга ёрга кӯнгил берманг, ӯз ёрингиз бӯлмайди

Тӯю тантаналарда сизни олиб юрмайди
Кутиш билан ӯтар умр,қадрингизга етмайди
,,Сен кимсан,у аёлим,, деса нима бӯлади
Ӯзга ёрдан нари юринг ғамларидан куясиз
Ӯғил қиз гӯдакларин уволига қоласиз
Сир очилар бир кун,юрак доғлаб қоласиз
Сизни ташлаб кетганида минг пушаймон бӯласиз
Ӯзга ёрни севманг қизлар,сизга вафо қилолмас
Бировнинг омонати доим сизла қололмас
Сизни мақтаб.мақтаб бир кун,ӯз ёрига кетади

Кутиш бахти кимга керак,умр ӯтиб кетади
Кулолмайсиз,ӯйнолмайсиз тӯй тантана сизгамас
Кутиш билан ӯтиб кетар ёшлик дамлар беқадр
Қадрингизни билинг қизлар, доим сизла қололмас
Үзр айтиб кетиб қолса,дил яраси тузалмас
Ӯзга ёрга кӯнгил берманг,ӯз ёрингиз бӯлмайдӣ
Тӯю тантаналарда сизни олиб юрмайди
Кутиш билан ӯтар умр,қадрингизга етмайди
,,Сен кимсан у аёлим,,деса нима бӯлади.

Мухибахон Ахмедова.

124

Жасур қиз Ақида хонимга!

Ҳаёт асли курашлардан иборат!
Ҳақни деган ҳақ йўлидан толмасин
Ҳақиқат эгилар,синмагай албат
Амир Темур руҳи сени қўлласин
Омон бўл,жон қизим Ақида хоним!
Қўл узатибсанда савоб бир ишга
Қаршиликлар галма гал дуч келар йўлга
Бир етим ёнини олмоқ минг савоб
Сенгадир раҳматлар,таъзиму тавоб
Үмрингга тилай умр,Ақида хоним!
О,неларни кўрмади ёшгина боши
Қаттиқданам қаттиқ сағир ер оши
Ёмонликнинг йўлини тўсган жасурим

Сенга дуоларим,шарафим шоним
Меҳригиё қизим,Ақида хоним!
Ү энди ёлғизмас,у сенга сингил
Бор энди сӯровчи,ҳол аҳвол кӯнгил
Жойнамоз устида кӯз ёш илтижо!
Сени унга юборди Оллоҳ тооллоҳ!
Тӯмарисдай жасурим,Ақида хоним!
Шаънигга шеър ёзиб,Муҳиб толмасин!
Оллоҳ асраб тан жонинг кӯзлар тегмасин
Қора кӯзи қора мунчоқ шу қиз яшнасин
Бахтдан сармаст кунларин одамлар кӯрсин!
Муштумзӯр йӯлин тӯсган Ақида хоним!

Муҳибахон Ахмедова.

Жанубий Корея.

15.09.2020.

125

Ота уйда улгаяди эрка булиб

Кузда кувонч, калбимизга шодлик бериб!
Йуклаб турар, холимиздан хабар олиб!
Кунглимизни дарров билар, кизларжонлар!
Полопонлар, учар кушлар, кизларжонлар!
Йиглаб, йиглаб кузатамиз туйлар килиб!
Оллохимдан жон кизларга бахтлар тилаб!
Хар келиши кувонч шодлик, кунгил сураб!
Кунглимизни дарров билар, кизларжонлар!
Полопонлар, учар кушлар, кизларжонлар!
Буй бастига термуламиз шодланиб!
Багримизга кучиб, суйиб кувониб!
Юрсин деймиз уз бахтидан тинчланиб!
Кунглимизни дарров билар, кизларжонлар!
Полопонлар, учар кушлар, кизларжонлар!
Ота уйда улгаяди эрка булиб!
Кузда кувонч, калбимизга шодлик бериб!
Йуклаб турар холимиздан хабар олиб!
Кунглимизни дарров билар, кизларжонлар!
Полопонлар, учар кушлар, кизларжонлар!

Мухибахон Ахмедова.

Корея.

126

Олис юртларда қадринг жон қадар!

Байроғинг қуёшдир,осмондир меҳринг
Жон она Ватаним азиз нақадар!
Кўзимга тўтиё тупроқ,лой кўчанг!
Туғилган жойимиз барчага азиз
Бир сиқим тупроғинг ҳам Ватан деймиз
Қудратли юртлардан йўқдир камимиз
Байроғини қучиб ,кўзга суртамиз!

Муҳибахон Ахмедова.

Жанубий Корея.

Сеул.

127

Ӯлим ҳақдир, бир кун сенга қайтармиз

Гоҳи ёлғон ,гоҳи рост сӯз айтармиз
Ким эрта,ким кеч дунёни тарк этармиз!
Синовлардан соғу омон ӯтайлик биз
Шу синовли дунёйингни севдикку биз!
Нечун келдик,нечун энди кетмоқ даркор
Ҳеч ким устун,яшолмайди барқарор!
Фақат руҳлар тандан озод яшар минг бор!
Синовлардан соғу омон ӯтайлик биз
Шу синовли дунёйингни севдикку биз!
Пешонада не битилган ӯша бӯлар
Тақдирида борини инсон кӯрар
Минг хоҳласак,Оллоҳ айтгани бӯлар!
Синовлардан соғу омон ӯтайлик биз!
Шу синовли дунёйингни севдикку биз!
Ҳар балони даф қилишга ӯзи бордир!

Мўъжизани яратишга худо қодир
Шу зарра ҳам бекорга келмагандир!
Синовлардан соғу омон ўтайлик биз
Шу синовли дунёйингни севдикку биз!
Яша дединг,шодлик қувонч бахт бердинг
Кўзда нуру,дилда меҳр,аҳд бердинг!
Яшнатишга қалбда ғайрат шахт бердинг!
Синовлардан соғу омон ўтайлик биз
Шу синовли дунёйингни севдикку биз!
Раҳм қилгин,зарраларни қилгин даф!
Ўзинг Қодир,ўзинг қилгин бартараф!
Ҳамду сано,сенга бўлсин шон шараф!
Синовлардан соғу омон ўтайлик биз!
Шу синовли дунёйингни севдикку биз!

Муҳибахон Ахмедова

128

Оталарни асрагин дунё!

Елкасида рўзғорнинг ғори
Фарзанд учун аямас борин
Қалбда кучли номуси ори
Оталарни асрагин дунё!
Үлар эрур рўзғор устуни
Соғлом бўлсин ҳам жону
тани
Үлар Ватан шуҳрати шони
Оталарни асрагин дунё!
Фарзандлар шод,ҳа улар борки
Ғурур танда,тилаклар кўпки
Хонадоннинг забардаст кўрки
Оталарни асрагин дунё!

Отаси бор,қадди ҳам тим тик
Қилманг ғамдан қаддини эгик
Қадрин билинг,токи бор тирик
Оталарни асрагин дунё!
Оталарни асрагин дунё
Оналарни асрагин дунё!
Фарзандларни асрагин дунё!
Шу дунёни асра Худоё!

Муҳибахон Ахмедова.

14.09.2020.

129

Бухоро зардӯзлари!

Зардӯзларим зар ип тутган қўлингиздан
айланай
Меҳнат билан бахтлар топган бахтингиздан
ўргилай
Қўша қўша фарзандли,доим ҳурмат иззатли
Касбига садоқатли.касбингиздан ман сўйлай!
Бухоро зардӯзлари!
Корчўпига ярашган,тилло иплар қадашган
Пирлари мададкори,мўъжиза яратишган
Юсуф Ялайҳисаломдек,гўзалликка эришишган
Садоқатли касбидан оила тебратишган
Бухоро зардӯзлари!

Қуёш каби товланар ҳар битта сӯзаналар
Ҳар бирида меҳри бор яшнар дӯппи,чопонлар
Меҳнатидан завқ олиб олам олам шодланар
Оллоҳимдан доимо тӯю тантана кутар
Бухоро зардӯзлари!
Гӯёки мусаввирлар нақшида маъно олам
Қӯлларида ярашган зарли иплари бирам
Орзую умидлари сӯзаналарда ҳамдам
Бахтли бӯлсинлар доим кӯриб шодлигу
байрам
Бухоро зардӯзлари!

Муҳибахон Ахмедова
Жанубий Корея

추천글

Бу шеърларда она ватан мадҳи, фарзанднинг онага бўлган муҳаббати,азиз онажонларнинг меҳри тараннум этилади. Шунингдек бу китобда яна севикли ёрга муҳаббат, соғиниш, ишқ ва ҳижрон, йигитларга насиҳат, қизларга ўгит яна шоиранинг қалб гавҳаридан азиз дўстларга, қариндош яқинларга меҳр оқибат, виждон азоби, жудоликлар туйғуси тасвирланади! Серқирра ижод маҳсулидан мухлислар баҳраманд бўладилар деган умиддамиз!

Хурмат ила _ Ахмедова Мухаббат

Shoira-Ahmedova Muhibaning she'riy kitobi~
O'zbekistonlik ayol Muhibaxonning butun hayoti aks ettirilgan.
She'rlar an'anaviy o'zbek zarduzlik liboslarini yaratdan qullari bilan yozilgan.
Uy ishlari bilan shug'ullanib Ona mahalladagi ba'zmlarda, yaqinlari tuy an'analarda she'r o'qiydi.
Onasining yuragini yaxshi bilgan Koreyaga turmush chiqqan qizi Muxabbat Axmedova onasining she'rlarini yig'ib ularni she'rlar to'plami qilishga kirishadi.
O'zbekistonning an'analari va zamonaviyligi mujassam she'rlar Shoira-Axmedova Muhibaxonning ichki chekinmalari olami nafaqat O'zbekistonda, balki Koreyadagi o'zbeklar uchun ham kerakli ma'nba hisoblanadi deb uylayman(shoira Koreyada yashagan davrlarida musofirlar hayotiga bag'shlangan she'rlari ham mujassam.)
Umid qilamanki bu kitob sizga ajoyib ta'ssurot qoldiradi.

CHOI JIN HEE(Koreyalik shoira)

추천글

이 시는 조국에 대한 사랑, 어머니를 향한 사랑, 자녀를 위한 사랑을 표현했습니다.
코로나19로 우울해하는 사람들이 많은 요즘, 가슴으로 노래하는 어머니의 크나큰 사랑의 시를 많은 우즈베키스탄 분들에게 선물하고자합니다.

이 시집에는 머나먼 타국 한국으로 시집간 딸에 대한 사랑과 그리움을 표현하고 어떠한 역경에서도 강인한 여성으로 거듭나길 바라는 어머니의 간절한 마음 또한 듬뿍 담겨있습니다.

그 마음을 너무도 잘 아는 저이기에 어머님이 평생에 걸쳐 쓴 시를 모아 책으로 출간하게 되었습니다.

여자로 태어나 소녀에서 한 남자의 아내, 엄마가 되며 성장하는 딸에게 그 길을 먼저 걸어온 어머니로서 축복하고 어려움을 이겨내는 지혜와 용기를 주고 계시는 어머니... 이 시집은 많은 우즈베키스탄 결혼이주여성들에게도 따뜻한 응원의 메시지가 될 겁니다.

힘들때 이 시가 영혼을 빛내는 밝은 힘이되고 기쁠때 그 기쁨이 더하고 길을 잃고 방황할때 바른 길잡이가 되어 이 세상의 모든 딸들이 행복하길 바랍니다.

한 권의 우즈베키스탄 시집이 한국에서 출판될 수 있도록 도와주신 모든분들께 감사드립니다.

아흐메도바 무합바트 올림

추천글

아호메도바 무히바 시인의 시는,
우즈베키스탄 한 여인의 일생을 모두 표현하고 있다.
우즈베키스탄 전통 의상을 바느질하던 손으로 시를 짓고,
집안일을 하다 마을 잔치에서 시낭송을 하는 어머니.
그 어머니의 마음을 잘 알기에
한국으로 시집온 딸 김사랑 씨가
어머니의 시를 모아 시집을 선사한다.
우즈베키스탄의 전통과 현대를 느낄 수 있는
아호메도바 무히바 시인의 시가
우즈베키스탄에서 뿐만 아니라
한국 내 우즈베키스탄 사람들에게도
큰 감흥을 줄 수 있길 바란다.

최진희 (시인)

발행일 2021년 01월 01일 1판 1쇄 발행

글 아흐메도바 무히바

진행 김사랑 **유통** 임용섭 **홍보** 이은주 **편집디자인** 최형준

발행인 최진희 **펴낸곳** (주)아시안허브 **출판등록** 제2014-3호(2014년 1월 13일)

주 소 서울특별시 관악구 신림로19길 46-8 **전 화** 070-8676-4003

팩 스 070-7500-3350 **홈페이지** http://asianhub.kr

값 15,000원

ISBN 979-11-6620-024-3 (03800)

이 도서의 국립중앙도서관 출판예정도서목록(CIP)은
서지정보유통지원시스템 홈페이지(http://seoji.nl.go.kr)와
국가자료공동목록시스템(http://www.nl.go.kr/kolisnet)에서 이용하실 수 있습니다.
(CIP제어번호 : CIP2020052019)